Maria Leitner

Sandkorn im Sturm

Aus der Zeit der
Ungarischen Räterepublik 1919

Maria Leitner: Sandkorn im Sturm. Aus der Zeit der Ungarischen Räterepublik 1919

Erstdruck 1929 in der Berliner kommunistischen Boulevard-Tageszeitung »Welt am Abend«.

Neuausgabe
Herausgegeben von Karl-Maria Guth
Berlin 2021

Der Text dieser Ausgabe wurde behutsam an die neue deutsche Rechtschreibung angepasst.

Umschlaggestaltung von Thomas Schultz-Overhage unter Verwendung des Bildes: August von Pettenkofen, Kutschen in Ungarn

Gesetzt aus der Minion Pro, 11 pt

Die Sammlung Hofenberg erscheint im Verlag
Henricus - Edition Deutsche Klassik GmbH, Berlin
Herstellung: Books on Demand, Norderstedt

ISBN 978-3-7437-4097-6

Bibliografische Information der Deutschen Nationalbibliothek:
Die Deutsche Nationalbibliothek verzeichnet diese Publikation in der Deutschen Nationalbibliografie; detaillierte bibliografische Daten sind im Internet über www.dnb.de abrufbar.

1.

Sara hob den Spiegel mit der rechten Hand, mit der linken hielt sie über der Brust ein goldfarbenes, schillerndes Seidentuch fest. Sie sprach mit ihrem Spiegelbild wie ein Kind, das sich von Erwachsenen unbeobachtet weiß.

»Sara ist schön«, flüsterte sie. »Weißes, weiches Gesicht, keine Falten, keine Runzeln. Sara ist jung, vierundzwanzig Jahre, das ist kein Alter. Alle Zähne heil, weiß. Kannst lachen, so viel du willst, Sara. Bist jung und schön, Sara. Brauchst dir nichts gefallen zu lassen.« Sie horchte. Alles blieb still. Das Kind spielte irgendwo. Kein Mensch war in der Gaststube. Die Schwiegereltern schliefen. Wie gut, allein zu sein.

Aber schon hörte sie unten Stimmen, die Schritte der Alten. Gleich wird die Schwieger kommen und sie rufen. Nie darf sie allein sein, nie. Ein Arbeitstier ist sie, nichts weiter. Ihr lächelndes Gesicht wurde böse, die dunklen, feuchten Augen kalt und stechend. Sie stand da bewegungslos und wartete.

Ganz langsam kam jemand die Treppen herauf. Sie erkannte die gichtkranken, schlürfenden Schritte der Schwieger. Wie sie diese Schritte hasste. Sie schlug den Spiegel auf den Tisch, warf das Seidentuch zerknüllt in den Schrank.

Im Türrahmen stand die Schwieger. Eine alte, verhutzelte Frau. Die schmalen Lippen versanken zwischen den zahnlosen Kiefern. Die grelle Stimme Saras schrillte in die Ohren der Alten: »Was suchen Sie hier. Was schnüffeln Sie immer nach mir. Darf ich keine Minute frei sein? Bin ich denn eure Magd?«

Ganz leise murmelte die Alte: »Was hast du nur, Sara. Du weißt sehr gut, du bist keine Magd.« Sie flüsterte nur: »Jetzt keine mehr.«

Sara wollte wieder aufbrausen, aber sie erblickte jetzt einen Brief in der Hand der Alten. Der Brief sah ganz schmutzig und zerknüllt aus. Auch der Gesichtsausdruck der Schwieger schien ihr nun merkwürdig, sie suchte Erklärung in ihren Augen, sah wieder auf den Brief, streckte dann schnell die Hand nach ihm aus, und ganz zaghaft, fragend kam es von ihren Lippen: »Heinrich?«

Die Stimme der Alten jauchzte jetzt los: »Ja, siehst du, Heinrich hat geschrieben. Hab ich's dir doch immer gesagt, dass er lebt. Eine Mutter,

3

die weiß anders Bescheid als eine fremde Frau, auch wenn sie ihm angetraut wurde.«

Sara hielt den Brief lange in der Hand. Wie viel Stempel waren auf dem Umschlag, und seine Hand, die schrieb jetzt anders, obgleich sie seine Schrift erkennen konnte.

Also er lebte noch. Früher, als sie so viel um ihn gebangt hatte und keine Nachricht kam, da hatte sie immer gedacht, wenn ich ihn ganz vergessen werde und schon gar nicht an ihn denke und mich auch sein Tod nicht mehr quälen würde, dann wird er plötzlich heimkommen. Und wirklich, so kam es. Sie hat sich nicht mehr um ihn gequält und hat schon kaum an ihn gedacht, und nicht einmal im Traum ist er ihr mehr erschienen, und jetzt hielt sie seinen Brief in den Händen.

Die Schwieger stand vor ihr und blickte misstrauisch nach ihr, weil es gar so lang dauerte, bis sie die Blätter dem Umschlag entnahm. Sara also begann zu lesen, laut. Sie las wie Schulkinder in den Dörfern, wenn sie zu lesen beginnen. Ihr Zeigefinger wies jeden einzelnen Buchstaben dem Auge. Laut stieß sie sie aus. Verband sie, erkannte dann überrascht die Worte, die einen Sinn ergaben.

So las sie, dass er lange krank war, im Fieber lag, dann abgeschnitten lebte von der übrigen Welt und dass er nun bald sich auf den Heimweg machen würde. Zuletzt las sie ganz langsam: »Ich habe viel über dich nachgedacht, Sara.«

Die Schwieger, obgleich sie den Inhalt des Briefes schon kannte, trank jedes Wort. Sara aber blieb nachdenklich. Was wollte er nur damit sagen: »Ich habe viel über dich nachgedacht.« Er schrieb nicht, ich sehne mich nach dir, auch nicht, ich habe viel an dich gedacht, nein, nachgedacht hat er über dich, Sara. Als ob die Männer überhaupt viel nachdenken würden über eine Frau.

Sie sah ihn jetzt ganz klar vor sich, ihren Mann, den sie seit Jahren, seit langen Jahren nicht gesehen hatte. Sah sein schmales Gesicht mit der zartdünnen Haut. Die schwachen grauen Augen hinter den Gläsern. Wegen seiner Brille und weil er sich gern im größten Lärm hinter Büchern verschanzte, hatte er im Dorf den Spitznamen der »Herr Doktor« erhalten. Auch Sara dachte jetzt ein bisschen spöttisch: Der »Herr Doktor« wird also nach Hause zurückkommen.

2.

Die Gaststube stützte sich auf Pfähle, Balken vergitterten unvermauert
die Decke. Der Boden war aus Lehm.

Die Fenster waren trotz der Junihitze fest verschlossen und sorgfältig
verhängt.

Die blakende Petroleumlampe verbreitete fettigen Geruch und nur
wenig Licht. Sie hing über einem großen, runden Tisch. Um ihn saßen
die bevorzugten Gäste. Vor ihnen machte Jakob, der Wirt, Bücklinge.
Schleppte Weinflaschen für sie aus dem Keller. Der Großbauer dirigier-
te, klatschte in die Hände, um den Wirt wieder herbeizurufen, erteilte
immer neue Befehle.

Neben ihm saß der alte Peter. Er sah aus, als wäre er aus Holz geschnitten, hätte überhaupt kein Blut mehr. Er saß grade und unbeweglich, um seinen Hals war ein rotes Tuch geschlungen, und im linken
Ohr baumelte ein Ohrring. Er gehörte früher zu den Ärmsten. Aber
das Unglück anderer wurde zu seinem Glück. Auf seine alten Tage war
er reich geworden. Der eine Sohn hatte ein reiches Mädchen geheiratet,
der Sohn beerbte sie. Aber bald musste er in den Krieg. Er fiel. Alles
erhielt der Vater. Der andere Sohn hatte sich in Amerika abgerackert.
Von dem Ersparten kaufte er sich ein schönes Stück Land. Er hatte
gar keine Zeit mehr, sich nach einer Frau umzusehen. Er musste ein-
rücken. Bald moderte er irgendwo in fremder Erde. Der Vater erbte
wieder. Freute er sich, grämte er sich, sein hölzernes Gesicht verriet
nichts. Aber er wurde von krankhaftem Geiz, von schmutzigster Hab-
sucht, der erbarmungsloseste Gläubiger, er, der in seiner Armut immer
hilfsbereit war. Wie ein Schatten folgte er dem Großbauern und ließ
sich von ihm freihalten.

Auch ein anderer, der sich gern am Rockzipfel des Großbauern
festhielt, Stephan Kiß, früherer Besitzer der dörflichen Kolonial-, Mode-
und Papierwarenhandlung, jetzt Geschäftsführer desselben Ladens, der
seit Ausrufung der Räterepublik die 188. Niederlage der Allgemeinen
Konsumgenossenschaft hieß, saß hier. Auch der frühere Dorfrichter
und noch einige Bauern, die im Krieg nicht nur ihre Schulden loswer-
den konnten, sondern sich auch noch etwas Land zukaufen konnten.

Der andere Tisch, um den sich viele Bauern drängten, war länglich.
Er verschwand fast im Halbdunkel. Nur verschwommen konnte man

die Gestalten hier erkennen. Leute in alten zerrissenen Uniformen, frühere Herrschaftsknechte, die jetzt auf dem enteigneten, früheren gräflichen Gut arbeiteten, Häusler, ein alter Hirt.

Nur vor wenigen standen Gläser, und auf dem Tisch waren nur einige Flaschen des staatlich genehmigten Dünnbiers zu entdecken. Den Mittelpunkt schien ein bärtiger Mann zu bilden, obgleich man ihn nur wenig sprechen hörte.

Am Tisch des Großbauern wurde heftig angestoßen. Spöttische Zurufe wurden zwischen den beiden Tischen gewechselt.

Der Großbauer hob sein Glas. Seine Augen funkelten den bärtigen Mann an. Seine Stimme knarrte: »Es leben die Taugenichtse, es leben die Strolche, es leben die Nichtstuer, unsere neuen Herren, sie leben hoch!«

Alle schrien jetzt durcheinander, nur der Bärtige pfiff höhnisch zwischen den Zähnen. Er war Mattheus, der Halbbruder des Großbauern, Mitglied des Dorfdirektoriums.

Der Großbauer schälte sich aus den anderen heraus. Sein Stuhl rückte aus der Reihe, warf sich etwas vor, näher dem feindlichen Tisch. Er wandte sich jetzt an die Gestalten um Mattheus. »Wenn ihr nur zufrieden seid mit der neuen Ordnung. Ist ja auch alles besser. Gehört doch alles der Allgemeinheit.« Sein breites Gesicht drehte sich den Häuslern zu: »Ihr habt doch auch eine Kuh, ein Schwein oder auch zwei, oder Hühner, die habt ihr doch alle. Bisher hat es wenigstens euch gehört, aber später, passt nur auf, wird die Allgemeinheit die Pfoten danach ausstrecken. Da wird man euch nehmen, was ihr noch habt.«

»Ist schön von dir, dass du dir so viel Sorgen um uns machst. Hast aber immer vergessen, unser Eigentum zu schützen früher. Weißt du, als du lieber bei uns hast requirieren lassen. Du hast es schon immer gut verstanden, wie du dein Gut vor der Allgemeinheit schützest«, rief ihm ein alter, ausgemergelter Mann zu.

»Nun, wenn ihr zufrieden seid mit allem, wie es ist, umso besser. Aber ich will euch nur warnen. Ich kenn ihn besser als ihr, den Schönredner da. Den Neidhammel.« Sein Stuhl rückte näher. Es war, als wollte er auf Mattheus zureiten. »Ich kenn ihn, den Bruder. Wer sollte sich kennen, wenn nicht Brüder. Mit dem Grafen haben sie angefangen, aber er«, sein Finger stach gegen Mattheus, »er möchte an mich heran, er möchte mich ausquetschen. Dann kommen die anderen ran. Alle, die es besser haben als er. Aber mit mir wird er nicht fertig. Da müsste einer schon schlauer sein als dieser Herr Bruder, den wir gut kennen.«

Knarrend, als kämen die Töne aus einer Holzfigur, die aufgezogen wurde, begann jetzt Peter, der Alte, den Knechten Worte hinüberzuwerfen: »Müsst ihr euch nicht geradeso abrackern wie früher. Da gab's wenigstens Ordnung. Da wusstet ihr, was ihr zu bekommen habt. Aber heute schmeißen sie euch Papier hin, das sie Geld nennen, da könnt ihr euch den Arsch damit auswischen.« Der Alte meckerte.

»Es gibt auch dafür was zu kaufen in der 188. Niederlage der Allgemeinen Konsumgenossenschaft«, wieherte Stephan Kiß, der ehemalige Krämer, »Fliegenfänger, Klebepapier. Was wollt ihr noch mehr.«

»Schweigt nur mit eurer Ordnung«, rief ein Soldat in zerrissener Uniform, »man hat uns leben lassen, als wären wir Säue, um eure Fleischtöpfe zu schützen. Du Alter, du jammerst deinen Söhnen nicht nach. Und wenn es zehn gewesen wären, du hättest sie gern in den Tod geschickt, wenn dann nur dir das Geld in den Schoß fällt. Schade nur, dass nicht noch einige da waren zum Sterben, dann könntest brillantne Ohrgehänge in deinen langen Ohren baumeln lassen.«

»Aus dir spricht ja nur der Mattheus. Lass es gut sein«, sagte der Großbauer und rückte mit seinem Stuhl immer näher an den langen Tisch. Viele lärmten, aber einige stierten unzufrieden auf das Dünnbier, das auf ihrem Tisch stand.

Mit einem Ruck sprang der Großbauer auf. Sein großer, dicker Körper federte leicht, als wäre er ein Gummiball. Er hatte seine Hand auf die Schulter des Schweinehirten gelegt, von dem bekannt war, dass er einen guten Trank nicht verachtete. »Ich weiß schon, es gibt so manchen unter euch, der nur mitmacht, weil ihm nichts anderes übrig bleibt und weil er sich verhetzen lässt. Einer, der nicht ganz auf den Kopf gefallen ist, der wird eher auf den Rat eines Mannes hören, der es zu etwas im Leben gebracht hat, als auf einen Stromer und Nichtsnutz.«

Dann rief er schallend den Wirt herbei: »Gläser her und den besten Wein aus dem Keller. Alle, die an meinen Tisch kommen, halt ich frei, alle können saufen, so viel sie wollen.«

Jakob kam mit Flaschen voll bepackt. Die Schwieger rief nach Gläsern und Sara.

Der erste, der langsam an des Großbauern Tisch kam, war der Schweinehirt. Sie schimpften auf den Großbauern, sagten, sie wollten ihn nur arm trinken. Mattheus wollte sie zurückhalten: »Denkt ihr, er gibt euch aus reiner Liebe zu trinken? Spuckt auf seinen Wein. Sie machen euch ja nur besoffen, weil ihr dann schwach werdet und man mit euch machen kann, was man will. Deshalb ist ja das Weintrinken verboten worden.« Aber sie ließen sich nicht zurückhalten. Blickten auf das Dünnbier nur mit in Ekel verzogenem Mund. Nur Andrej, der Blödian, blieb an Mattheus' Tisch. Auch er trug eine schmutzige Soldatenuniform. Man nannte ihn den Blödian, weil er, seitdem er aus dem Krieg zurückkam, oft merkwürdig war, Unverständliches vor sich hin sprach, Gesichter schnitt und den Kopf oft zittrig schüttelte.

Sara betrat mit den Gläsern die Gaststube. Brauendes Gemisch von Gerüchen legte sich würgend auf den Hals, drang in den Magen, wühlte die Gedärme auf. Beizender Tabakgeruch vermischte sich mit dem bitter brennenden Aroma des Alkohols. Schweiß drang aus den schweren Kleidern der Bauern.

Saras Augen wankten zur Tür. Nur hinaus. Nur Luft. Sie fühlte sich elend, krank.

Aber ihre Ohren vernahmen leises Klirren. Sie erblickte die Schwieger. Sie saß in schräg beschienener Ecke und strickte. Das Klappern aber schienen nicht die Stricknadeln zu verursachen, sondern ihre schweren Augenlider, die sich unaufhörlich blinzelnd aufhoben und wieder niederfielen.

Sara fühlte, wie sich diese zwinkernden Augen ihrem Körper näherten, ihn durchsuchten. Sie steifte den Rücken, riss sich zusammen, näherte sich dem großen, runden Tisch.

Ihre Hüften wiegten sich. Die Schritte wurden sicher. Den Kopf warf sie lächelnd zurück.

Als sie die Gläser auf den Tisch stellte, drängte sich ihr Arm schmeichelnd zwischen die Bauernleiber. Aber sie hielt den Atem zurück. Die Kleider schienen Erde und Dünger auszuatmen. Ihr Körper, ihre weichen Bewegungen peitschten die Bauern auf. Alle Gesichter drehten sich ihr zu. Sie sah aufgerissene Münder, begehrliche Augen. Einer schrie jauchzend: »Ach, die schöne Sara!« Auch der Großbauer drehte sich ihr zu. Sein Blick vergaß sich auf ihr. Dann nahm er ein Glas, schenkte Rotwein ein, schob es Sara zu. Er deutete auf Andrej, der noch bei Mattheus saß: »Bring ihn her zu uns.«

Sara hob das Weinglas und näherte sich mit kleinen Schritten Andrej. Sie stand vor ihm. Ihr Mund war halb geöffnet. Man sah die rote Zunge, die weiß schimmernden Zähne. Sie hielt das Glas vor Andrejs Augen und flüsterte: »Komm Andrej, komm.«

Er sprang auf, schob sich ganz dicht, drohend an Sara heran. Seine stieren Augen schienen zu suchen. Er zischelte Laute, die sich zu keinem Wort formten.

Saras Augen zogen sich zusammen. Sahen ihn durch das Gitter der Wimpern von unten an.

Hinter einem Wutschleier sah Andrej die Szene, die sich vor einigen Tagen auf dem Ackerfeld abgespielt hatte.

Da ist Sara und gräbt die Erde um. Sie ist allein. Die Sonne wirft sich gegen ihre pralle Brust, das glänzende Haar. Jetzt richtet sie sich auf. Voll. Gesund. Breit. Und die Augen, von der Sonne geblendet, zwinkern lachend. Seine Arme schnellen hoch, greifen nach ihr. Erst lacht sie. Zeigt ihr volles Gebiss. Er kommt dicht an sie heran. Seine Knie drücken sich fest an ihre Beine.

Da will sie zurückweichen, sich ihm entwinden, beginnt höhnisch zu schreien: »Mach, dass du wegkommst, du Bauer!« Aber er, Andrej, packt noch fester zu. Die Wut steigt ihm in den Kopf. Sara versucht, ihm immer wieder zu entwischen, aber seine Hände packen sie krallend. Er zischt: »Du, du Jüdin, bleib still. Du hast dich gemästet, während ich im Dreck lag. Ich will auch etwas vom Leben haben.« Er blickt in ihre kalten Augen, dann beginnt er, halb weinend, mit bebender Stimme zu betteln: »Ich möchte auch etwas vom Leben haben. Lass mich doch.« Ihre Augen werden nur noch hochmütiger, und er beginnt vor Wut zu schreien: »Du wirst mich nicht mehr abschütteln! Nicht immer wieder auslachen!« Er will sie hinwerfen.

Aber die Gestalt Saras strafft sich. Ihre starken Arme stemmen sich gegen seine Schultern, und als er sie noch immer nicht loslässt, wirft sie blitzschnell ihren Kopf über sein Handgelenk, die Zähne schlagen hart in sein Fleisch. Er taumelt zurück, strauchelt über eine Baumwurzel, sein Kopf fällt in eine Pfütze. Arme und Beine fliegen in die Luft. Er will sich aufrichten, kann es nicht. Sein schmieriges, verzerrtes Gesicht sucht winselnd Sara. Sie steht an einen Baum gelehnt und lacht schallend. Sie steht da, gesundes, volles Leben neben diesem zitternden, abgenutzten Menschenabfall: »Du schwaches Bäuerlein. Du willst mit mir anfangen.«

Ihr Lachen dringt schmerzhaft in seine Ohrmuschel. Sie läuft mit wippenden Röcken.

Sein Auge lässt sie nicht los, bis sie verschwindet. Dann sieht er, wie hilfesuchend, auf den gleißend blauen Himmel, aber der scheint ihn auch nur auszulachen. Und er ist da wie zertretenes Ungeziefer.

Nun stand Sara vor ihm und rief ihn lockend, der Wirtshauslärm umgab sie. Da folgte er ihr zu den anderen. Er ließ Mattheus allein. Man empfing ihn lärmend.

Der Großbauer schnellte wieder einen Augenblick vom Stuhl, verband mit einer Bewegung der auseinandergestreckten Arme die Bauern und den einsam Sitzenden.

Seine Stimme meckerte: »Seht ihn doch, seht ihn nur. Da sitzt er allein, verkriecht sich im Dunkel, hat Angst vor dem Licht. Da säuft er das dünne Bier, nur um mehr Galle aus sich herauspressen zu können.«

Mattheus antwortete nicht.

Diese Stummheit schien den Großbauern nur noch mehr zu erregen. Er keifte heiser: »Seht ihn doch, wie er grün wird vor Neid. Seht nur dieses mummlige Rettichgesicht, dieses zerlöcherte Käsegefries. Wie er es mit dem zerzausten Bart zu verdecken sucht. Aber das verschimmelte Gesicht sieht doch daraus hervor. Stinkt er nicht nach Galle, der neue Erlöser?«

Mattheus beugte sich etwas vor, seine Stimme traf voll den Großbauern: »Du riechst wohl deine eigene Galle, die du so reichlich verspritzt?«

Die Bauern begannen ungeduldig zu werden: »Du wolltest uns zu trinken geben, und jetzt redest du nur. Wir sind nicht gekommen, um deine großen Reden anzuhören.«

Der Großbauer begann zu schreien: »Jud, wo versteckst du dich. Allen das Glas voll. Mach schnell.«

Dann wandte er sich an die Bauern: »Aber auf wen ihr gehört habt, auf wen ihr hören wollt, das müsst ihr doch wissen. Ich kenn ihn doch genau. Ich weiß, wie der schon als Kind war. Weil meine Mutter reich war, hat er sie gehasst. Unseren Vater hat er gehasst. Seine verstorbene Mutter war eine arme Magd, aber er hätte gern alles genauso gehabt wie ich. Mit dem Gesindel steckte er immer zusammen. Das waren seine Freunde.«

Ein kleiner, zusammengeschrumpfter Alter warf ihm von unten einen feindlichen Blick zu: »Was weißt du, wer Gesindel ist, du Dickbauch.«

Der Großbauer redete schneller: »Wartet nur, wartet, es ist noch nicht zu Ende. Hört mich doch. Ihr müsst hören, wer er ist. Einer von den Strolchen schenkte ihm ein kleines, altes Messer. Auf das war er stolz. Wurde frech. Ich merkte, wie er immer mit dem Messer spielte in der Stube. Stach in die Möbel. Im Wald, er warf es gegen die Bäume. Seine Blicke wurden immer frecher. Wenn die Mutter Brot schnitt, wanderten seine Augen prüfend über jede Scheibe. Einmal bekam er ein kleineres Stück Brot, er zitterte vor Wut, warf es weg. Am nächsten Tag bekam er ein noch kleineres Stück, den allernächsten wieder, versteht ihr, als Strafe. Den darauffolgenden Morgen stand er da, grün vor Wut. Seht ihn, seht ihn, so sah er aus, wie jetzt.«

Mattheus war jetzt aufgesprungen. Seine Hand war zusammengekrampft, so hörte er den Großbauern weiterreden.

»Und die Mutter schnitt mir ein großes Stück Brot ab, er stand daneben. Dann gab sie ihm ein kleineres Stück. Und wie sie es ihm reichen wollte, sprang er plötzlich auf sie zu, zog das Messer hervor und stach gegen ihre Hand. Sein Mund schäumte, er sah aus wie ein toller Hund. Er bebte aber so sehr vor Wut, dass er ihr nur die Haut einritzen konnte. Ein Muttermörder ist er, auch wenn er nicht gemordet hat. Der Wille ist schon die Tat. Wollt ihr auf diesen Menschen hören?«

»Du glaubst, ich bin immer noch das Kind, das du quälen kannst. Er hat mir das ganze Leben vergällt. Kaum schlief ich nachts ein, schlich er sich zu mir, zischelte in mein Ohr: ›Muttermörder, büße, büße.‹ Spielte ich mit anderen Kindern auf der Wiese, pflanzte er sich dick, rotwangig vor mir auf und flüsterte mir ins Ohr: ›Du Muttermörder darfst nicht spielen, du musst büßen.‹ Erst musste ich ihm das Messer hergeben zur Buße, dann sollte ich fasten, jeden Bissen lockte er mir aus dem Mund. Jeden Apfel musste er bekommen. Ich musste ja fasten, büßen. Ich war ein Sünder, ich wusste es ja selbst. Wochenlang lebte ich von trockenem Brot, alles andere aß er selbst auf. Er platzte schon vor Wohlbehagen. Immer dicker wurde er und größer, aber wurde nie satt. Alles hat er aus mir herausgelockt, den letzten Heller aus dem väterlichen Erbe. Um mich vor ihm zu retten, bin ich in die Welt hinaus.«

»Was ist aus dir auch geworden. Bist kein Bauer mehr, bist kein Arbeiter, in Bücher hast du deine Nase hineingesteckt. Aber meinetwegen, draußen in der großen Welt, da könntest du tun, was du willst. Aber warum du zurückgekommen bist, das möchte ich nur wissen.«

»Warum ich zurückgekommen bin, das willst du wissen. Gut, ich will es dir sagen. Als ich fortging, da sagte ich mir, Gott, dieses ganze Dorf, was ist es denn. Es ist nur ein Staubkorn. Es gibt vielleicht Millionen Dörfer. Es gibt Tausende Millionen Menschen. Ich muss ja nicht hier leben, gerade in diesem Dorf leben. Aber bald fand ich, dass die ganze Welt immer nur diesem Dorfe gleicht. Man kann hingehen, wohin man will, überall findet man das gleiche Dorf, die gleiche Welt. Alles ähnelt sich wie ein Staubkorn dem anderen. Ihr könnt eine Wüste von Sandkörnern durchwühlen, jedes einzelne wird sich ähneln. Überall kämpfen Reich und Arm, Schwache und Starke. Deshalb, siehst du, bin ich zurückgezogen.«

»Und mit mir willst du kämpfen? Mit mir willst du es aufnehmen?«

»Vielleicht.«

»Aber sie sind dir schnell entlaufen, deine Freunde. Du kannst ihnen lange das Himmelreich versprechen, wenn ich ihnen Schnaps gebe.«

Einige von den Soldaten und den Häuslern, die zugehört hatten, begannen zu lachen: »Dickbauch, Großredner. Wir trinken deinen Schnaps, aber damit hast du uns nicht gefangen.«

»Und ich sage euch eins. Diese ganze Herrlichkeit wird nicht lange dauern. Wenn man dir, Häusler, dein Schwein wegnimmt, wirst du auch nicht nur zusehen. Glaubst du, der Graf wird sich nicht wehren, der ist stärker als du. Die Starken, die halten zusammen.«

»Und die Schwachen, nie. Einmal hast du recht, Bruder.«

»Seht ihr. Es ist euch gleich, dass er ein Muttermörder ist. Aber er wird auch euch alle bald morden. Denn die Starken, die werden sich rächen. Wir werden es nicht vergessen, wer sein Freund bleiben wird. Ihr tut besser daran, das sag ich euch, ihm jetzt schon den Rücken zu kehren. Und wie möchte er, dass ihr leben sollt? Wie Heilige. Das, was euch die meiste Freude macht, wollen sie euch verbieten. Da haben Leute, die nur von Buchstaben etwas verstehen, in ihren dummen Büchern etwas aufgestöbert, das wollen sie euch zu fressen geben. Kehrt ihnen den Rücken.«

»Ja, und lasst euch Fußtritte verabreichen. Krepiert, verhungert. Lasst euch hinmorden, lauft hinein in Gewehre wie das Wild während der Treibjagd.«

Mattheus warf die Tür weit auf. Er rief den Bauern zu: »Kommt, lasst das Gift, er will euch doch nur schwach und dumm machen.« Sie merkten gar nicht, dass Mattheus in der Tür stand und auf sie wartete.

Der Großbauer rief: »Jakob, allen das Glas voll.«

3.

Eine warme Welle durchlief den Körper. Sara strahlte langsam von der Fußspitze bis zur Brust. Es war, als tastete eine leichte, fremde Hand sie an. Ihre Augen öffneten sich erschrocken, zerstäubten den Halbtraum, trieben blinzelnd den Schlaf von sich, sprangen über die Bettdecke, über die alten, schiefen Möbel, glitten über die rußigen Wände.

Der Heinrich kommt bald nach Hause. Er hat viel über mich nachgedacht. Sie flüsterte das vor sich hin, als ob sie einen Traum, den sie vergessen hatte, weiterdenken wollte.

Sie sah um sich, als ob sie das Zimmer nie gesehen hätte. Es ist hässlich hier. Die Wände so schief, so rauchig und verschmutzt. Und ein Gefühl hat sie, als ob sie gar nicht in einem Zimmer wäre, sondern in einer großen Schaukel. Sie möchte, dass es ganz ruhig und still wäre, aber alles tanzt leise auf und ab.

Sie spürt wieder so eine Übelkeit, ganz wie gestern Abend, als sie die Wirtsstube betrat. Hier riecht es auch so schwer, nach vielen Federbetten, und der Geruch vom Wein dringt herauf.

In der anderen Ecke des Zimmers, im Bett, bewegt sich leise Martin, das Kind. Es soll nur schlafen, sie will Ruhe haben. Ihr ist so merkwürdig und fremd.

Aber da ward sie plötzlich ganz wach. Bilder fütterten in jagender Hast vor ihren Augen, kreisten durcheinander. Schreck lähmte ihre Glieder, denn eines kommt immer wieder: der Reisende.

Immer klarer: der Reisende. Bilder wirbelten, aber er stand immer wieder da: der Reisende. Sie sah seine Augen, den Mund. Klar drang säuerlich riechender Schnurrbart ins Gedächtnis. Sie spürte auf der Zunge den Geschmack von Tabak und Pomade. Sah deutlich die goldenen Zähne in dem zum Lachen auseinandergezogenen Mund. Die großen, weichen, etwas feuchten Hände kamen aufdringlich. Der sorgsam gescheitelte Kopf. Er stand vor ihr, mit dem ewig gleichen Lächeln, dem spitz gedrehten Schnurrbart. Die Nägel glänzen rot. Und schon beginnt er auch zu sprechen. Die Sätze fließen rund, ohne Pausen. Sooft sich der Mund öffnet, glänzen die goldenen Zähne auf.

Sara setzte sich entsetzt halb auf. Die Bilder schlossen sich zusammen. Wie eine Kette, in der sich jedes Glied undurchbrochen aneinanderreiht. Sie wollte sich in Hindämmern retten, aber sie konnte nicht flüchten, sie musste jedem einzelnen Glied folgen.

Wann war es nur? Sie begann zu rechnen. Die Tage, die Wochen. Das Gedächtnis wollte versagen, aber sie musste erbarmungslos ihr Gehirn plagen. Da stand er wieder vor ihr: der Reisende. Zwischen aufgestapelten Koffern und Schachteln. Aus allen quellen Seide und Spitzen hervor. Die Städter wissen, wo das Geld steckt und wie man es den Bäuerinnen herauslocken kann. Da gibt es Bänder, Tücher, Glasperlen, Samtblumen und Spangen.

Der Reisende wohnt im Gastzimmer. Er erzählt, wie man jetzt nach dem Krieg alle langentbehrten Schätze über die Grenzen schmuggelt. Sara stiehlt sich, so oft sie kann, in sein Zimmer. Bleibt mit halb offenem Mund, glänzenden Augen vor all den Reichtümern stehen. Ihre rauen Finger gleiten zaghaft über die Seide. Die Augen bleiben im Goldspitzengehänge hängen. Da tritt der Reisende herein. Erschrocken will sich Sara flüchten. Aber nun öffnen sich die Koffer ganz. Die Schachteln.

Alles breitet er vor ihr aus. Sie lacht entzückt, lautlos. Er macht große Augen, lässt sie nicht von ihr. Der dicke, gedunsene Mund presst sich auf ihren Hals. Sie lässt es zu, merkt es kaum. Sie will weiter Seide streicheln.

Er spricht vom Leben in der Großstadt. Kann alle Pracht nicht genug ausmalen. Baut vor ihr mächtige Häuser auf, weite Alleen. Lichter erglänzen strahlend, Autos sausen endlos vorbei. Seinen Worten entströmt rauschende Musik, Bewegung, Licht.

Er reißt ihre Bluse halb auf, legt gleißende Seide über sie. Zieht sie zum Spiegel. Zeigt ihr, dass sie schön ist. Lässt sie über eine beleuchtete Treppe emporsteigen, gefolgt von einer Hecke bewundernder Blicke. Sie ist nicht mehr die frühere jüdische Magd, die glücklich sein musste, als der Wirtssohn sie heiratete. Feine Herren beugen sich über ihre Hand, flüstern ihr Schmeicheleien zu.

Sie trinkt die Worte, obgleich sie weiß, dass alles Lüge ist. Sie kennt ja die Stadt, wenn auch nicht die große, und weiß, dass er ihr nur Trugbilder vorgaukelt. Aber sie kann nicht genug hören von dieser Welt, die so anders ist als die ihre, in der sie eingesperrt lebt, wie in einem Kerker.

Fort aus diesem dunklen Schlamm, der sich über sie ausbreitet. Fort aus der düsteren Enge.

Ihre Hände lassen die Seide nicht los. Ihre Gestalt dreht sich halb tanzend. Die Augen strahlen losgelöst.

Der Reisende nähert sich ihr. Seine Hände ergreifen von hinten ihre Brust, sie wehrt sich nicht. Sie weiß gar nichts von ihm. Sie ist mit ihren Gedanken weit fort. Sie lebt ein anderes, glänzendes Leben.

Der Reisende drängt sie fort vom Spiegel. Wirft sie plötzlich aufs Bett. Sie vergisst, sich zu wehren. Schrickt erst auf, als sie über ihrem Gesicht seinen schnaufenden Atem fühlt.

Sie senkt die Lider. Will ihr bisheriges Leben von sich werfen. Dem ewig grauen Einerlei entschlüpfen. Und entzündet an den lockenden Bildern, wirft sie sich ihm entgegen, sucht mit zusammengebissenen Zähnen, verschlossenen Augen nach Lust.

Als er sich aber von ihr loslöst, auf dem Bett sich neben ihr ausstreckt, als sie sein lächelndes, gerötetes Gesicht erblickt, überfällt sie Wut.

Da ist sie wieder in der dumpfen niedrigen Stube. Verflogen ist alles Lockende. Ihre Kälte kehrt wieder. Grausam durchsuchen ihn ihre Augen. Dieses zufriedene Gesicht ekelt sie an. Sie sieht jetzt seinen billigen Anzug. Die Armut unter seinem übertünchten Äußeren. Sie weiß ganz genau, wie er in der glänzenden Stadt lebt. Kennt den säuerlichen Geruch seines Zimmers in einem übervölkerten Mietshaus. Weiß, wie er in einem schmutzigen Restaurant sein unappetitliches Essen hinunterwürgt. Wie er sich in die volle Elektrische drängt und nicht Auto fährt.

Als der Reisende nach ihr greifen will, springt sie auf und lacht, lacht hässlich und schrill über ihn und über sich selbst.

Aber da sie erinnernd wieder alles durchlebte, wuchs ihre Unruhe, sie sprang aus dem Bett, lief zu dem Spiegel. Ihr Gesicht verzog sich zu einer bösen Grimasse. Die Haut war aschfahl. Sie stellte sich auf die Fußspitzen, starrte so in das Glas. Die Lippen zitterten. Sie begann wieder zu rechnen. Jetzt wurde ihr alles klar. Wie konnte sie nicht schon früher daran denken. Die verkrampften Hände ließen das Hemd halb herunter. Die Augen prüften die Gestalt. Ihre Hände betasteten aufmerksam den Körper. Lang fielen die schwarzen Haare über ihren Rücken.

Plötzlich erblickte sie im Spiegel, hinter ihrem halb nackten Körper, den zerwühlten Haaren, zwei Augen.

Sie drehte sich um.

Zusammengerollt unter dem Federbett lag Martin. Nur sein Kopf sah hervor. Die dunklen Augen folgten neugierig ihren Bewegungen.

Sara schob schnell ihr Hemd hoch, näherte sich dem Bett. Ihr Atem pfiff heiser durch die Nase. Die Lippen kräuselten sich böse. Keuchend beugte sie sich über Martin. Ihre Hände warfen sich über ihn, zerrten ihn aus dem Bett. Er stand klein und zart vor ihr, nur seine Augen waren merkwürdig, als gehörten sie einem verschüchterten Tier. Er wusste nicht, was sie von ihm wollte. Sah sie erwartungsvoll, nur ein wenig verängstigt, an.

Sie zog ihn bei den Haaren, schleifte den mageren Knabenkörper in die Mitte des Zimmers.

Er blieb ganz still, hielt den Atem zurück, riss nur die Augen weit auf.

Saras Stimme überschlug sich. »Wie siehst du mich an? Du Scheusal, du Schandbube. Wie siehst du deine Mutter an. Warte nur, das werde ich dir austreiben. Warte nur, warte.«

Ihre Hände schlugen blind auf ihn los. Er duckte sich nur ein wenig, aber seine Ruhe machte sie noch wilder.

Ihre Stimme wurde immer lauter, heiserer. Die Hände schlugen immer wilder um sich. Sie schlug nicht mehr Martin, schlug in die Luft. Die Hände warfen sich gegen die Möbel, hämmerten auf dem Boden, den Wänden. Sie schleifte sie an Kanten, ritzte sie an einem Eisennagel, aber sie fühlte keinen Schmerz. Raste noch wilder. Dann musste sie sich am Bettpfosten festhalten, ihr Kopf wurde bleischwer, das Blut warf sich hämmernd gegen die Schläfen.

Martin blieb geduckt an der Wand stehen. Er wagte sie nicht anzusehen. Dann, als er sah, dass sie unbeweglich blieb, kroch er langsam zu seinen Kleidern, die auf einem Stuhl lagen.

Sara saß mit stumpfem Gesicht auf dem Bett. Sie schien Martin gar nicht zu sehen, der sich schnell und lautlos anzog.

Nur seinen flehenden Blick fühlte sie, als er lautlos die Tür hinter sich zumachte. Sie hörte, dass er vor der Tür stehen blieb. Sie wusste, er würde nicht von der Tür fortgehen. Er hielt Wache. Wenn die Großeltern sie gehört haben, würde er leugnen, dass sie ihn geschlagen hat.

Sie lief zur Tür und verschloss sie. Warf das Hemd von sich. Blickte sich scharf, kalt an, maß mit gespannten Fingern die Brust, die Hüften. Es schien ihr, als würden sie von Minute zu Minute breiter und dicker, ihr Bauch schwellender.

Wie sie diesen Körper hasste. Wie konnte sie nur bis jetzt nichts bemerken. Warum war sie so gedankenlos. Warum musste immer das Schicksal gegen sie sein. Sie stampfte mit den Füßen. Warf sich aufs Bett. Ihre Fäuste trommelten über ihren Bauch. Sie wollte nicht wieder etwas aus sich herauswachsen lassen. Sich nicht wieder mit Fremden herumschleppen. Nein, nein. Immer wilder trommelten die Fäuste. Sie sah das hämische Gesicht der Alten vor sich. Nein, nochmals nein. Waren noch nicht genug Menschen da? Noch nicht genug, die darauf lauern, sich zu zerfleischen? Für wen sollte es ein Fraß werden?

Der Reisende erschien ihr wieder. Sie spuckte aus. Sie schlug sich ins Gesicht. Und wieder begann sie gegen sich zu wüten. Sie riss die mattbraunen Brüste, die dunklen, langen Haare, schlug den Kopf gegen die Wand, dass sie vor Schmerz aufbrüllte.

Und Heinrich kam nach Hause. Der »Herr Doktor«, der so viel über sie nachgedacht hat. Was der immer über sie gedacht hat, das weiß sie ja auch nicht.

Man könnte sie fortjagen. Man könnte sie auf die Straße setzen. Jahrelang hat sie für sie gearbeitet, schwerer als zwei Mägde, für nichts. Man könnte ihr das Kind wegnehmen, Martin, ihr Kind.

Sie riss die Tür auf. Da stand er winzig, an die Tür gelehnt, und lauschte fassungslos in kindlicher Angst.

Sie riss ihn an sich. Er wollte zurückweichen. Sie führte ihn wieder in das Zimmer, umfasste ihn: »Hast du Angst vor mir, Martin? Du hast eine böse und wilde Mutter. Sei mir nicht böse, dass ich böse bin. Die Menschen werden schlecht, wenn man zu ihnen schlecht ist. Ich war zu dir böse, aber ich will nicht, dass du böse wirst. Man war schlecht zu mir, immer, auch wenn ich ganz wehrlos war, aber jetzt, wie habe ich dich geschlagen, und du bist auch wehrlos. Martin, ich möchte dir alles erzählen, dir könnt ich alles erzählen. Keinem Menschen als dir. Das Leben ist ja so schrecklich einfach, ein kleines Kind könnte alles verstehen, aber die Menschen wollen nichts begreifen oder tun nur so. Mach keine so erschrockenen Augen, Martin, ich erzähl dir nichts, du bist ja erst sechs Jahre alt. Geh spielen, geh.«

Als sie allein blieb, hielt sie die Hände vor die Augen, wie Vorhänge, die sie von der äußeren Welt abschließen sollten. Sie dachte den schweren Gang ihres Lebens.

Wie einem Kind, das man besänftigen möchte, flüsterte sie sich zu: »Arme Sara.«

Ein Waisenkind zu sein in einem Dorf, das einzige Judenkind, ist bös. Mit acht Jahren verließ sie die Schule. Sie wurde Gänsehirtin der Gemeinde. Die Bauern ließen sie stillschweigend die Schule schwänzen. Sie war lieber draußen, allein mit den Gänsen, als eingezwängt in einer schlecht riechenden Schule zwischen lärmenden Bauernkindern, die keine Gelegenheit entgehen ließen, sie zu hänseln. Den Gänsen konnte sie laut Befehle erteilen, hier war sie Herrin, ihre schrille Stimme ertönte über die Felder. Die Bauern mochten sie als Hirtin, aber zu essen gaben sie ihr nur unlustig.

Mit zehn Jahren wurde sie Magd, sie lief von Hof zu Hof, von Dorf zu Dorf, sie hielt es nirgends lange aus. Sie stellte sich überall geschickt an, aber spielte den Frauen allerlei Schabernack. Manchmal lief sie nachts davon und ließ sogar ihre Sachen stehen. Den Frauen, denen sie sich als Kindsmagd verdingt hatte, wurde sie immer unheimlich. Denn sie hing mit einer abgöttischen Liebe an den fremden Kindern. Oft aber schlug ihre Liebe in Hass um, wenn die Frauen mit lauten Befehlen sie fühlen ließen, dass sie nur eine fremde Magd war. Oft bekamen sie dann Angst um ihre Kinder. Einmal fand eine Frau, die mit ihr am Tage zuvor herumgeschrien hatte, sie mit dem Säugling am Brunnen sitzen. Sie beschuldigte sie, dass sie das Kind hinunterwerfen wollte. Nie mehr ging Sara zu Kindern.

Sie war dreizehn, als sie plötzlich aufblühte. Mit ihrer dunklen Schönheit wirkte sie wie ein fremder Vogel aus einem fernen Land. Die Frauen begannen sie zu hassen. Die Männer merkten auf, wenn sie kam. Sie wehrte sich gegen sie wie eine böse, wilde Katze.

Mit fünfzehn Jahren kam sie in die nahe Stadt. Dieses mittlere Provinznest erschien ihr der Inbegriff aller Herrlichkeiten dieser Erde. Sie konnte es kaum glauben, dass es wirklich ganze Straßenzüge voll Läden gab, prächtige Schaufenster mit allen erdenklichen Waren, dass es in ein und derselben Stadt drei Kinos gab, viele Kaffeehäuser mit roten Plüschsofas und Marmortischen, abends waren sie hell erleuchtet, und es sickerte Musik aus ihnen auf die Straße. Sie konnte den ganzen Tag umhergehen, ohne müde zu werden oder sich sattsehen zu können.

Sie konnte einen halben Tag vor einem Schuhladen stehen, um jeden einzelnen Schuh auf das Genaueste zu betrachten. Sie bewunderte die Auslagen der Konditoreien, die verschiedenen Formen und Farben der Kuchen und Torten; die Modellpuppen in Kleidergeschäften interessierten sie ebenso wie die Kleider; in den Drogerien staunte sie über jedes Stück Seife; jede Ansichtskarte, jedes Bild, jedes Plakat erregte ihre Aufmerksamkeit. Diese staunenswerte Vielfältigkeit der Welt erfüllte sie mit Bewunderung und Entzücken.

Sie kam mit anderen Bauernmädchen an, die alle Dienst in der Stadt suchten. Eine Frau sprach sie am Bahnhof an, die immer im Herbst nach Beendigung der Landarbeiten auf ländliche Dienstboten wartete. Sie gab ihnen Quartier und besorgte ihnen Stellungen.

Sara schlief mit sieben anderen Mädchen in einem kellerartigen Raum. Ihre Enttäuschung aber begann erst, als sie ihre ersten städtischen Stellungen annahm. Sie kam zu kleinen Leuten, die schlechter lebten als die mittleren Bauern. Sie wohnte in luftlosen Kammern; das Fensterchen, wenn es überhaupt eins gab, ging auf einen engen, dunklen Lichtschacht voller Abfälle.

Das Essen war kraftlos und armselig, die Bauern aßen besser. Sara erinnerte sich an die Lebensmittelgeschäfte mit all den unbekannten Köstlichkeiten, dem fremdländischen Obst, dem seltenen Geflügel. Wer aß denn all die Sachen? Der Hausrat war hässlich, abgenutzt und zerbrochen. Sara begriff nicht, wozu es so viel Geschäfte gab mit all den zahllosen Sachen, wenn man dabei schlecht und bedürftig leben musste.

Ihr Lohn reichte kaum für das Allernotwendigste.

Sara kam zu reicheren Leuten. Aber auch da war nur die dünne Oberfläche glänzend. Wenn Gäste kamen, täuschte man Überfluss vor. Sie musste hier noch mehr arbeiten. Einmal putzte sie bis spät in die Nacht Silber. Als ihre Dienstgeber nach Hause kamen, fanden sie sie erschöpft schlafend zwischen Putzpasten und Silbergedeck. Sie umstanden sie lachend. Nachts drang der Sohn des Hauses in ihre elende Kammer. Sie schlief auf rot gewürfeltem Bettzeug. Sie wurde von so einer Wut gepackt, dass sie ihn fast erschlug. Sie begann nun ihr Leben zu hassen.

Sie kam dann zu einer Frau, die Zimmer an Studenten vom Lande vermietete. Hier lernte sie Heinrich kennen. Wenn sie das Zimmer betrat, ließ er seine Bücher und folgte ihren Bewegungen. Er sprach zärtlich zu ihr und wollte ihr Unterricht im Lesen und Schreiben geben.

Manchmal aber war er mürrisch, schien sich zu verachten, weil er sie, Sara, liebte.

Eines Tages aber warf er die Bücher fort, erklärte ihr, dass in ihnen nichts Vernünftiges stünde, dass er das weitere Studium aufgeben und Sara heiraten wolle.

Er selbst war überrascht, als er sich so sprechen hörte. Sara überlegte nicht lange. Sie hatte ihr Dienstmädchendasein satt. Die Zimmervermieterin konnte nicht genug über das Glück, das ihrer Magd widerfahren war, staunen. Ihr schien, dass alle Leute vom Lande reich waren. Wenn sie nur ein Zipfelchen Erde besaßen, lebten sie im Schlaraffenland.

Als Sara sich verheiratet hatte, merkte sie bald, dass sie wieder eine Magd war. Die Schwiegereltern ließen sie fühlen, dass sie für ihren Sohn etwas Besseres erhofft hatten, dass es unschicklich sei, so arm in eine Ehe zu treten. Heinrich bekam bald Sehnsucht nach seinen Büchern. In der Wirtsstube seiner Eltern lebte er in einer anderen Welt. Sara hatte den Ehrgeiz, ihre Unentbehrlichkeit zu beweisen. Sie arbeitete schwer und unlustig. Dann kamen das Kind, der Krieg, öde Dumpfheit.

4.

Langsam, eine nach der anderen, betraten die Bäuerinnen die Wirtsstube. Sie wirkten gleich in ihren dunklen Kleidern, den hochgeschlossenen Jäckchen, den weiten Röcken. Die reichen Bäuerinnen, die sonst viel auf Putz gaben, trugen jetzt auch nicht ihren goldenen Schmuck, die bunten Bänder, die farbigen Stickereien. Nur die Witwen-Anna, die sich ein rotes Tuch um den Kopf geschlungen hatte, ragte hager aus der Schar. Jede hielt ein Heft mit gekreuzten Händen, als wäre es ein Gebetbuch, vor dem Bauch.

In der Gaststube saßen nur Sara und die Schwieger am runden Tisch. Die alte Frau strickte schweigsam. Sara ließ ihre Näharbeit im Schoß ruhen, sie starrte mit entstelltem, blassem Gesicht vor sich hin. Sie blickte nicht einmal in Richtung der Bäuerinnen, sie wollte nichts wissen, nichts hören.

»Wir dachten, die Männer sind hier!«, riefen die im Chor.

»Sara, warum warst du nicht bei der Frauenversammlung im Schloss«, fragte sie die Witwen-Anna. Frauenversammlung im Schloss, als sie das sagte, schwang sich Triumph in ihre harte Stimme. Vor Jahren starb ihr Mann bei der Erntearbeit auf dem Gut des Grafen. Er hatte sich mit der Sense in den Fuß geschnitten. Man war nicht gewöhnt, wegen solcher Kleinigkeiten mit der Arbeit aufzuhören und zum Arzt zu laufen. Aber als er nach Hause kam, bekam er die Krämpfe. In einigen Stunden verstarb er an Tetanus unter schrecklichen Qualen. Der Witwen-Anna hinterließ er nur vier Kinder. Sie konnte keinerlei Ansprüche auf Unterstützung stellen. Seitdem hasste sie den Grafen, obgleich dieser zur Zeit des Unglücksfalles gar nicht auf dem Gut gelebt hatte. Er zeigte sich überhaupt nur selten, wohnte in Wien und in Paris und wusste ganz sicher nichts von der Existenz der Witwen-Anna.

»Du hättest kommen sollen in das Schloss. Da kann jetzt jeder aus und ein gehen, wie es ihm passt. Da hat der Graf schon keine Macht mehr.«

»Jüdinnen waren nicht bei der Versammlung«, krächzte im Hintergrund eine Stimme.

Die Schwieger hob die Augen von ihrer Strickerei: »Die Sara geht nicht in Versammlungen. Sie braucht auch nicht ins Grafenschloss zu rennen. Man soll nicht sagen können, die Jüdin war da. Der Graf hat heute keine Macht, wartet aber erst ab, wie es morgen sein wird.«

»Sie haben mir gar nichts vorzuschreiben!«, sprang Sara auf. »Sie wollen mich wie eine Gefangene halten!«

»Hält dich jemand gefangen? Als ob du nicht immer tätest, was dir gerade passt. Aber du hältst die Menschen für blöde, glaubst, die anderen haben keine Augen im Kopf. Nur gut, dass der Heinrich bald nach Hause kommt.« Man konnte dem Tonfall ihrer Stimme anhören, dass sie diesen Satz schon oft vor sich hin gemurmelt hatte.

»Sara, aber das Grafenschloss musst du dir doch auch von innen ansehen. Da braucht man dazu niemanden um Erlaubnis zu bitten.«

»Ich dachte immer, es ist viel größer und glänzender.«

»Ich habe doch früher, als ich noch ein junges Mädel war, als Küchenmagd im Schloss gearbeitet. Da war es auch viel größer, das könnt ihr mir glauben.«

»Jetzt sind große Tische drin, wo Leute sitzen und schreiben. Der Mattheus schreibt auch an einem Tisch.«

»Und große Tafeln sind überall und Plakate und Bänke für die Kinder und Stühle für die Versammlung, deshalb ist das Schloss kleiner, verstehst du?«

»Es ist aber noch vieles da, ganz wie früher. Man darf aber nichts berühren oder wegnehmen. Man sagt doch, vielleicht kommt der Graf zurück, und dann wird er jeden töten lassen, der ihm etwas weggenommen hat.«

»Was der in seinem Schloss herumzustehen hat, das brauch ich gar nicht. Da wüsste ich nicht was damit anzufangen. Die Tassen so dünn, dass man immerzu Angst haben müsste, sie zu zerbeißen. Und die Gläser in den Schränken, die würde ich mich gar nicht trauen in die Hand zu nehmen.«

»Und überall die großen Spiegel. Wozu man die brauchen soll? Nur die Herren haben Zeit, sich immer in den Spiegeln zu begucken.«

»Bilder hängen da an der Wand, dass man sich geradezu schämen könnte. So viel nackte Weiber den Männern zu zeigen, so etwas sollte gar nicht erlaubt sein.«

»Bist wohl neidisch, weil du nicht so schön bist wie die abgemalten Frauen.«

»Warum sprecht ihr immer davon, dass der Graf zurückkommt«, durchbrach das Geschwätz die harte Stimme der Witwen-Anna.

»Er wird nicht erst dich fragen, ob er zurückkommen darf. Der ist mächtiger als du.«

»Aber einmal konnte man ihn doch wegjagen, dann kann er gar nicht so mächtig sein.«

»Pass du mal auf, ob die nicht nur aus List sich so schwach gestellt haben, damit sie auch genau wissen, wie das Volk über sie denkt.«

»Meinetwegen können der Graf und alle die Herren zurückkommen.«

»Ja, du möchtest mal wieder den Herrschaften die Hände küssen, möchtest wieder mal den Rücken beugen, Dankeschön sagen für Stockschläge wie dein Großvater. Deine Kinder hungern lassen, damit der Herr Graf in Schlössern wohnt, hundert Weiber hat, die er mit Seide und Juwelen vollhängt, und Tag und Nacht mit den anderen Nichtstuern saufen und fressen kann.«

»Witwen-Anna, Witwen-Anna, gib du nur acht, dir wird man noch Stockschläge zu kosten geben. Du nimmst ja den Mund noch voller als der Städtische heute in der Versammlung.«

»Schön hat der heute gar nicht gesprochen. Der hat ja gar keine ordentliche Stimme. Unser Pfarrer, der predigt doch schöner.«

»Sie wollen uns Gott nehmen«, krächzte hinten eine Stimme, und eine alte, verhutzelte Bäuerin versuchte sich nach vorn zu drängen. »Ja, Gott wollen sie uns nehmen und predigen das Teuflische und das Böse. Alles, was Gott uns gegeben hat, möchten sie zerstören, die Worte Gottes bespeien sie.«

»Dir können sie nicht Gott nehmen, denn du hast nie einen gehabt, nur ein böses Maul hast du, nichts weiter.«

»Hört sie doch, die Witwen-Anna, so spricht sie zu einer alten, hilflosen Frau.«

»Ja, alt bist du, da hast du recht. Aber wenn Markttag ist, dann stehst du auf vor Morgengrauen, passt auf, dass keine Bäuerin Lebensmittel in die Stadt trägt. Dann krächzt deine Stimme, dass alle Städter verhungern sollen. Dein Gott sieht deinem Pfarrer zum Verwechseln ähnlich.«

»Du möchtest mich schlechtmachen, damit die Frauen auf mich nicht hören. Aber sie wissen, ich will ihr Bestes, nicht wie du. Das möchte dir wohl passen, dass sie die schwer erarbeitete Gottesgabe für wertloses Geld verschleudern sollen. Du möchtest nur, dass wir alle so arm sein sollen wie du. Wenn die Bösen verhungern, umso besser.«

»Das glaub ich dir, dass du so denkst, du Gottesfürchtige. So sprichst du, weil du nie selbst gehungert hast, weil du nie gesehen hast, dass deine Kinder Hunger leiden.«

»Wenn du selbst etwas hättest, würdest du auch nichts hergeben. Du redest nur, weil du nichts hast.«

»Recht hat die Alte, wir brauchen nichts den Gottlosen zu geben. Ja, heute, in der Versammlung, da haben wir gehört, was die eigentlich wollen. Die Bastarde sollen die gleichen Rechte haben wie die in Ehren geborenen Kinder. Die Männer können ihre Frauen verlassen, wann immer es ihnen passt. Die Alten bekommen einfach einen Fußtritt, und sie nehmen sich eine Junge. Das wollen die Städtischen. Eine Schande ist es!«

»Dass dich dein Mann stehen lassen möchte, wenn er nur könnte, das glauben wir dir. Und dass du Angst hast, dass seine Bastarde plötzlich sich melden würden, das auch. Du müsstest ein Gesetz verlangen, das dir das Recht gibt, deinen Mann an einer Kette herumzuführen. Aber der würde sogar dann dir weglaufen.«

»Ja, dir gefällt das, was der Städtische gesprochen hat. Jede Frau soll die Kinder nur dann zur Welt bringen, wenn es ihr gerade passt.«

»Ja, denen ist Gottes Wille nicht heilig.«

»Was weißt du von dem Willen Gottes? Meinst du, Krieg und Mord sind Gottes Wille? Meinst du, es ist Gottes Wille, Kinder zu kriegen, damit der Graf Knechte hat wie Heu?«

»Ja, auch das ist Gottes Wille.«

»Man wird neue Gesetze machen. Dann wird man sehen, was Gottes Wille ist.«

»Gottesfrevlerin, du!«

»Der Pfarrer wird es schon erfahren, wie du gesprochen hast.«

»Und vom Pfaffen kann es Gott selbst hören, was ich denke. Ich habe keine Angst.«

»Wenn es die neuen Gesetze gibt, wird es nicht bestraft werden, wenn man sich das Kind wegmachen lässt?«, hörte sich Sara fragen. Sie hatte so leise gesprochen, dass die Frauen sie gar nicht gehört haben. Vielleicht hatte nicht einmal die Schwieger ihre Worte vernommen. Sie strickte klappernd weiter. Aber Sara schien, dass sie ihr einen kurzen, höhnischen Blick zuwarf.

Sie duckte sich wieder. Sie hätte nicht sprechen sollen. Keiner kümmerte sich im guten um sie. Was ging das sie an, was diese Frauen sprachen? Von ihnen konnte sie ja keine Hilfe erwarten.

Jetzt krächzte die Stimme der Schwieger: »Neue Gesetze wollt ihr? Die alten sind euch nicht gut genug? Seit Tausenden Jahren waren sie gut, aber ihr wollt neue. Am liebsten möchtet ihr ja alle Alten erwürgen.«

»Wenn man auch neue Gesetze macht«, kreischte die alte Bäuerin, »vor einer schandhaften Frau wird man immer ausspucken. Verachten wird man sie immer.«

»Ja, aber pass nur auf, ob nicht einmal alle dich als schandhafte Frau erkennen.«

5.

Sara saß zusammengekauert in einem Sessel, sie goss schaudernd eine dicke, braune Flüssigkeit in sich. Brennend lief sie durch die Gurgel, fraß sich ätzend in den Magen. Das Innere des Körpers schien sich schmerzvoll von der Bauchwand abzulösen. Ihr Kopf fiel zurück. Die Handteller legten sich suchend über den Bauch. Warteten, horchten.

Ja, er ist gut, dieser Schmerz, dieses Reißen und Brennen. Aber der Schmerz wurde eindringlicher, bohrte sich immer tiefer. Geschüttelt von Frost, warf sich Sara auf das Bett.

Das Blut lief immer langsamer, blieb stocken, schien ganz stillzustehen. Sie wollte sich aufrütteln, aufraffen. Sara, du musst jetzt hinunter! Du weißt, du musst hinunter, arbeiten. Aufstehen, aufstehen! Aber die Füße wurden immer schwerer. Ihre Hände legten sich über die Stirn. Wie nasskalt sie sind. Mit einer Bewegung des Kopfes schüttelte sie sie ab.

Warum bewegt sich die Wand? Warum tanzen die Möbel? Ganz verschwommen erscheint der Tisch. Sara, du musst hinunter, aufstehen, aufstehen! Die Schwieger wartet sicher auf dich.

Das Blut wird immer kälter. Was nur saust pfeilgeschwind an der Wand entlang? Ist es eine Ratte? Es dreht sich, verschwindet, kommt wieder. Ach, jetzt erkennt sie es. Es ist das Gesicht der Schwieger. Sie verzieht es schrecklich. Die Runzeln werden zu Rinnen, in denen Bosheit fließt. Wie sie um den Küchenherd schleicht. Da stehen die Töpfe, hellgelber Tee, safrangelber, honigfarbener, giftgrüner und beizend brauner. Die Schwieger verschwindet auf einen Augenblick, und die Zigeunerin erscheint, das schwarzzottige Haar fällt in ihre Augen. Sie geht und zaubert inzwischen immer neue Tees hervor. Pechschwarzes Gebräu und lila durchsichtiges. Sie reicht ihr die Töpfe, und sie muss alles trinken. Einmal schmeckt es bitter, dann widerlich süß, dann wieder sauer, dass sie den Mund zusammenziehen muss, aber alles muss sie schlucken.

Es brennt, es zwackt, es ekelt sie, aber alles muss herunter. Die Zigeunerin steht vor ihr mit drohender Gebärde, ihre Augen heften sich durchdringend auf sie. Sara will betteln, will sie bitten, sie möge ihr weiteres erlassen.

Aber in der Luft fliegen Kannen herbei, aus dem Boden sprießen volle Schalen, und ihr Bauch schwemmt sich immer mehr auf.

Sie will flüchten, will sich verbergen, doch die Schwieger steht schon wieder da. Sie schaut in die halb leeren Töpfe, drückt ihre lange Nase hinein. Die Nase schnuppert, kraust sich. Die Alte murmelt: »Was ist das für ein Teufelssaft? Und hier, was ist denn das?« Ihr Mund verzieht sich schief. Die Augen laufen verstört in die Ecken.

Sara, komm, du musst aufstehen! Sollst nicht bös träumen! Sara, du musst hinunter, arbeiten. Die Schwieger soll nicht wissen, dass du krank bist!

Aber alles dreht sich noch immer wie verrückt. Die Schwieger ist nicht zu verscheuchen. Da steht sie in der Speisekammer. War das nicht gestern? Nein, da steht sie ja jetzt. Sie stellt sich auf die Fußspitzen und zählt die Eier, aber es fehlen welche. Sie beginnt wieder zu zählen. Ihre Stimme meckert: »Es fehlen welche!« Sie zählt hundertmal, tausendmal.

Die Finger laufen über die Eier. Der Mund bewegt sich immer schneller. Sie bückt sich, sie sucht. Sie kriecht unter die Schränke, sie klettert hinauf, durchsucht alle Gestelle, aber es fehlen welche. Da blickt sie nach ihr, nach Sara. Die Augen blitzen auf. Sie beginnt zu zischen: »Hier müssen Diebe sein!« Da wiegt sie das Mehl ab. Die ganze Gestalt ist in weißen Staub gehüllt. Die Hände hantieren mit den Gewichten. Aber das Mehl wird immer weniger, springt immer höher als die Gewichte. Und sie schleppt alles herbei. Den Zucker und das Fett, das feine Gänsefett, alles schrumpft zusammen.

Die Schwieger klettert durch das ganze Haus. Sara kann es wie in einem Spiegel sehen. Die Hände der Alten durchsuchen alle Winkel. Ihre Stimme bricht schrill: »Ein Dieb muss hier irgendwo stecken. Wo ist der Dieb?« Dann sieht sie wieder auf Sara. Sie beginnt leise vor sich hin zu kichern. Ihr Körper bebt leicht. Dann flüstert sie: »Oder frisst hier einer zu viel? Jemand, der immer dicker wird.« Vor Saras Augen wird es dunkel. Alles huscht durcheinander. Die Ratte, schon wieder ist sie da, die Ratte. Vor den Augen tanzen Kreise, grüne, gelbe. Sie will sich hochreißen, aufstehen. Aber sie fällt zurück. Nein, nein, nicht aufstehen. Schlafen. Das Beste wäre, immer schlafen.

Dann lichtet sich langsam alles vor den Augen. Nur die nüchterne Stube ist da, die lang gekannten Möbel. Komm, Sara, die Zeit vergeht zu schnell. Du musst hinunter, arbeiten.

Langsam, als müssten ihre Füße zu jedem Schritt gezwungen werden, schleppten sie sich in die Wirtsstube.

Komm, Sara, du musst Fenster putzen.

Da war das Fenster, da stand die Leiter.

Von der Gasse her kam dumpfes Murmeln.

Langsam, von Stufe zu Stufe, stieg sie die Leiter hinauf. Dumpfe Schwüle strömte herein, überfiel den Schädel, bedeckte das Gesicht, blendete die Augen.

Die Gasse zerfloss, vibrierte in blitzendem Licht. Die Häuser lagen stumpf, mit blinden Fenstern da. Aber hinter den Gardinen, den verschlossenen Fenstern, ahnte man Leben und Bewegung, aufmerksames Lauern. Als blitzten tausend Augen hinter den toten Fenstern. Man hörte jetzt aus der Ferne das rhythmische Aufstampfen von Pferdehufen. Aber diese Pferde waren fremd, das waren keine schweren Lasttiere, das waren Fremde.

Am Ende der Dorfstraße erschienen Gestalten. Sie lösten sich langsam aus dem Dunst. Die Fremden bekamen Gestalt, bewegten sich langsam auf ihren Pferden. Es waren Soldaten, keine Roten, das war sofort zu erkennen. Sie schienen Offiziere zu sein. Sie trugen neue, weite Pelerinen aus einem hellen Stoff, und auf ihren Mützen prangten graue Falkenfedern. Ein Kind, das sich auf die Gasse verirrt hatte, lief hinter ihnen her und schrie: »Freischärler der nationalen Armee.« Es verbarg sich erst, als ein Reiter mit einer Gerte nach ihm schlug.

Vor dem Dorfnotariat stand der Notar, der seit Monaten verschwunden war, als hätten ihn die Reiter soeben aus der Erde gestampft. Da stand er und machte tiefe Bücklinge, und hinter ihm tauchte die breite Gestalt des Dorfrichters auf.

Kaum hatten die Reiter die Dorfgasse verlassen, galoppierten sie in Richtung des Schlosses.

Das Schloss stand auf einem niedrigen Hügel, die Fenster sahen nach allen Seiten des Dorfes. Es schien, als könnten die Schlossbewohner in jede einzelne Bauernstube schauen. Aber zum Zeichen, dass die Grafen entthront waren, wehte eine große rote Fahne über dem Schlossturm.

Träge, wie ausgestorben, lagen das Dorf da und das Schloss. Die fremden Reiter wurden unsichtbar.

Da schnaufte langsam über die holprige Dorfgasse ein langes stahlblaues Auto heran. Das mächtige Auto, größer als die Häuser der Gasse, war den Dorfbewohnern nicht unbekannt, ganz im Gegenteil, obgleich es sonst einen anderen, gepflegten Privatweg zu nehmen gewohnt war und jetzt am Kühler das fremde Sternenbanner flatterte, jedes Dorfkind kannte es, das gräfliche Auto. Man konnte nicht in das Auto sehen. Die Vorhänge waren heruntergelassen. Neben dem Chauffeur saß aber ein bewaffneter Soldat.

Die Dorfgasse blieb immer noch ausgestorben. Aber gerade diese stille, abwartende Reglosigkeit verriet die geheime Erregung in den Häusern.

Über dem Schloss die rote Fahne begann zu schwanken und fiel herab. Eine riesige rotweißgrüne Trikolore wurde hochgezogen, flatterte über dem Schloss.

In das stahlblaue Auto, das sich bis jetzt kaum weiterbewegt hatte, kam Leben, und mit ungeahnter Geschwindigkeit raste es jetzt den Hügel hinauf.

Plötzlich wurde die Dorfgasse belebt. Aus den Torbogen brachen Gestalten hervor, Bauern und Bäuerinnen, die Kinder stolperten zwischen ihren Füßen. Überall steuerten sie aufeinander zu. Gruppen bildeten sich, die Köpfe steckten sie zusammen. Schädel nickten erregt, stieben auseinander. Sie rannten und liefen.

»Es ist zu Ende«, hörte man, »die Roten hat man weggejagt.«

»Was wird jetzt geschehen?«

»Braucht uns gar nichts anzugehen.«

»Wir müssen schlau sein«, und immer wieder der Ruf: »Die Roten wurden weggejagt.«

Sara stand oben auf der Leiter. Ihre Ohren hörten, ihre Augen sahen, aber die Bilder zerflossen ineinander, die Töne gaben nur Klang, keinen Sinn. Was ging das sie auch an, was draußen vorging. Sie hatte ihre eigenen Sorgen und war allein mit ihnen. Niemand stand ihr bei. Am besten wäre, allem ein Ende zu machen, sich zerbrechen, zu zerschellen.

Sie sah herab. Ihr schwindelte. Die Hände hielten sie nicht mehr. Die Füße wankten, verloren den Halt. Sie ließ sich los. Einen Augenblick lang fühlte sie sich schweben. Die Luft umwirbelte sie. Sie stieß einen hellen Schrei aus. Und schon spürte sie den kühlen Lehmboden. Die Glieder schmerzten. Das Gesicht war zerkratzt. Als die Hand es betastete, wurde sie blutig. Am Arm waren Schrammen, sie ließ ihn schlapp herabhängen. Aber innen, im Leib, bewegte sich nichts.

Sie drückte den Körper gegen den Lehmboden. Stöhnte leise. Wollte nicht wieder aufstehen.

Die Schwieger stand vor ihr. Immer ist sie da. Überall ist sie. Sara fühlte, wie sich ihre Hände zu Fäusten ballten.

Sie wollte dieses höhnische Lächeln nicht mehr sehen. Wie lange sollte sie es noch dulden? Sara hörte sich flüstern: »Worauf warte ich denn noch?« Die Gedanken irrten weiter, wussten selbst nicht, was die Worte wollten.

Die Schwieger bewegte jetzt den Mund. Die Worte kamen hinunter zu Sara: »Du bist wohl krank, Sara? Etwas ist nicht in Ordnung mit dir? Wieso bist du gefallen? Lieg doch nicht auf dem kalten Boden. Steh doch auf, Sara. Oder hast du dir sehr wehgetan? Soll man vielleicht den Arzt holen? Nein, wie du willst. Es ist nur gut, dass bald mein Heinrich kommt.« Sie schien den Lärm draußen in der Dorfgasse gar nicht zu hören.

Sara ließ ihr Gesicht auf den Armen ruhen. Sie hob nur ein wenig den Kopf. »Kümmern Sie sich nicht um mich. Gehn Sie weg. Lassen Sie mich nur in Ruhe. Ich werde schon aufstehen. Ich werde auch weiterarbeiten. Aber nur, wenn Sie gehen.«

Sie verbarg wieder das Gesicht. Bewegte sich nicht, solange es still blieb.

Erst als sie die schlürfenden Schritte der Alten sich entfernen hörte, begann sich ihr Körper zu bewegen. Sie erhob sich schwer. Aber alles war heil.

Sara schleppte sich in die Speisekammer. Stopfte einen großen Korb voll. Sie nahm alles, was ihr in die Hände kam. Eier, Mehl, Fett. Sie zuckte die Schultern, lachte kurz auf. Die Alte, die soll nur nachzählen, nachwiegen. Ihr Mund kräuselte sich spöttisch. Trotz der Hitze nahm sie ein großes Tuch, das ihre Gestalt und den Korb verbarg.

Sie eilte schnell zur Tür.

In der Dorfgasse, zwischen den Häusern, wimmelte es schwarz.

Die Glocken läuteten, erfüllten mit ihrem Klang das Dorf.

Bäuerinnen, die sich schnell festlich gekleidet hatten, sah man vorbeistolzieren.

Wallend ging die schwarze Soutane des Pfarrers vorbei. Seine weißen Hände nahmen gnädig die Kusshände der geputzten Bäuerinnen entgegen.

»Gesegnet sei der Herr Jesus Christus.«

»In Ewigkeit, Amen«, ertönte es entlang der Dorfgasse.

Wie durch ein Wunder hatte sich auch die 188. Niederlage der Allgemeinen Konsumgenossenschaft verwandelt. Groß prangte wieder, wie früher, das Firmenschild: Stephan Kiß.

Im Schaufenster des Ladens waren sämtliche Schätze ausgestellt, die bisher wohlverborgen in Keller und Schränken geruht hatten, zwei in

Blaupapier gewickelte Zuckerhüte, eine ganze Reihe Konserven- und Sardinendosen, in einer kleinen Tüte lag sogar Kaffee aus, umrahmt von dicken Strümpfen, geblümten Kattunstoffen und Tüchern. Frau Kiß, sonntäglich frisiert, stand lächelnd in der Ladentür und winkte leutselig den Bauern zu.

»Ja, jetzt gibt es wieder alles zu kaufen«; sie zeigte stolz auf die strotzende Hülle und Fülle. Das Goldene Zeitalter schien ihr nahe zu sein.

Händereibend kam der Herr Lehrer, die lebende Zeitung des Dorfes. Er trug eine große Kokarde in den nationalen Farben. Auf seinem Rockaufschlag sah man in den letzten Monaten hin und wieder, wenn Besuch aus der Stadt kam, das Emblem Sichel und Hammer, das aber öfters unter dem Rockaufschlag Platz finden musste. Die Kokarde aber prangte endgültig und unverlegbar über seinem Knopfloch. Er hatte eine Unmenge Neuigkeiten der Frau Kiß mitzuteilen.

»Sie flüchten, die roten Halunken, aber es soll ihnen nicht so leicht gelingen. Die Henker werden genug zu tun bekommen. Ich höre, in der Stadt werden die Galgen öffentlich errichtet. Ja, gnädige Frau, in der Stadt, da gibt es mehr zu sehen und zu hören als in diesem Dorf. Haben Sie schon den Witz gehört: Die Diktatur war wie ein Radieschen, außen rot und innen weiß. Und das Allerneueste: Bela Kun stirbt. Er geht zum Bestattungskommissariat. Stellt sich mit dem Sarg am Rücken an.« Er prustete los, konnte nicht weitersprechen. Frau Kiß hatte gar nicht hingehört. Sie hielt nach Kunden Umschau.

Sara wollte nichts sehen und hören, sie wollte nur schnell weiterkommen.

Sie schob sich an den Häusern entlang, aber niemand beachtete sie. Hoffentlich war die Zigeunerin zu Hause, ließ sich vor Neugierde nicht unter die Dörfler mischen.

Sie wohnte am Dorfende in einem abgelegenen Haus. Es war nicht gut, wenn man eine Frau öfter durch ihre Türe gehen sah.

Sara hielt vor dem verfallenen Haus der Zigeunerin. Der Zaun war abgebrochen, der Garten voll Gestrüpp.

Die Zigeunerin kam ihr entgegen, warf hinter ihr die Tür zu.

Sara riss das Tuch ab. Den Korb stellte sie auf den Tisch.

Das Gesicht der Zigeunerin legte sich in freundliche Falten, als sie seinen strotzenden Inhalt sah. Aber sie wich zurück, als sich ihr Sara drohend, mit zusammengebissenen Lippen näherte.

Saras Finger krallten sich um ihren Arm. Aber die Zigeunerin schüttelte sie leicht ab, zeigte weiße Zähne: »Nun, was hast du denn?«

»Du, gib acht«, zischte Sara. Ihre Hände legten sich auf den Tisch, wo zwischen Instrumenten, Irrigator, Pasten und Pillen abgegriffene Karten lagen. »Gib acht, du Betrügerin. Glaub nur nicht, dass ich so dumm bin wie deine Bäuerinnen. Eine Diebin bin ich schon deinetwegen geworden. Aber mehr wirst du aus mir nicht herauslocken. Noch heute machst du ein Ende, oder ...« Ihr Körper beugte sich immer drohender vor. Immer wütender stieß sie hervor: »Du fütterst mich mit unnützem Zeug, lässt mich dein Gebräu saufen, dass sich der Magen mir im Leib umdreht, aber nützen soll's nicht. Eine Melkkuh brauchst du. Eine Dumme, die dir gute Bissen zuführt. Und du lachst dir nur ins Fäustchen. Gib acht, sag ich dir.« Sie zeigte ihr die verkrampften Finger. »Sie könnten noch den Weg zu deinem Hals finden.«

Die Zigeunerin riss die Lippen auseinander. Ihre Schultern schüttelten sich vor Lachen. »O Sara, Sara, du hast den Teufel im Leib sitzen. Deshalb kann ich dir vielleicht nicht so leicht helfen. Mach kein so wütendes Gesicht. Es ist schon gut. Du bist vom Herrgott zu gut ausgestattet. Es sitzt halt alles bei dir zu fest. Es löst sich nicht so leicht von dir. Ist das mein Fehler?« Sie legte ihre Hand über Saras Hüften.

Die schüttelte sie ab mit einer heftigen Bewegung ihres Körpers. »Sprich nicht so viel. Ich habe keine Zeit. Ich will nicht länger warten. Ich kann nicht, du weißt es. Ich lebe in ewiger Angst. Hilf, oder du lernst mich kennen.«

»Ei, ei, du Wilde«, lachte die Zigeunerin schallend. »Droh nur, droh nur. Das kann dir nicht viel nützen. Ich hab schon mancher geholfen. Aber die kamen schmeichelnd zu mir, waren weich wie Seide.« Aber als sie das verfinsterte Gesicht Saras sah, lenkte sie ein: »Du brauchst nicht gleich so aufzubrausen.« Sie sah nach dem vollen Korb. Ihre Stimme wurde freundlicher. »Man hat ein zu gutes Herz. Da ist nichts dagegen zu machen. Wenn eine ein gutes Herz hat, muss sie helfen. Da kann sie nicht anders. Auch wenn die Menschen schlecht sind. Sarachen, Sarachen, mach nicht so wütende Augen. Ich hätt's dir schon längst weggemacht. Aber du wolltest ja nicht, dass ich dich anrühre.«

Sara stieß zischend hervor: »Mach.«

Die Zigeunerin nahm etwas Blitzendes vom Tisch, legte es über eine Flamme.

Sara biss die Zähne zusammen.

»Sarachen, bleib ruhig, sonst lass ich dich. Rühr dich nicht an. Du springst ja wie ein Fohlen.«

Saras Gesicht war dunkel.

Plötzlich hörte sie ein leises Winseln, wie von einem Kinde. Es schien aus den Mauern zu kommen, oder aus dem Boden. Lang gezogen, dann wieder wimmernd.

Sara stieß die Zigeunerin von sich. Sie flüsterte mit fliegendem Atem: »Was ist das? Wer ist nebenan?« Die Hände zitterten. Das Gesicht flog bebend.

Die Zigeunerin bog sich vor Lachen: »Eine Katze ist das doch. Sara, ich schick dich weg.«

Die Zigeunerin beugte sich wieder über Sara.

Sara fühlte ihre langen kalten, tastenden Finger.

Sie zuckte zusammen.

Sie wollte aufspringen, sie wegstoßen.

Die Zigeunerin keuchte: »Wenn du nicht ruhig bist, geh zu einer anderen. Ich plage mich nicht weiter mit dir.«

Sara riss sich zusammen.

Dann fühlte sie etwas Kaltes, Bohrendes. Verdeckte die Augen.

Stieß einen Schrei aus. Als sie die Hände von ihrem Gesicht fallen ließ, erblickte sie den geröteten, lachenden Kopf der Zigeunerin. Sie wischte sich den Schweiß aus dem Gesicht.

»Das war keine leichte Arbeit mit dir, du Wilde. Morgen bist du's los. So, und jetzt lege dich ein bisschen hin. Lauf doch noch nicht. Schon dich ein wenig. Renn doch nicht so. Zum Teufel, lauf jetzt nicht.« Aber Sara war schon verschwunden. »Wie sie läuft, so ein verrücktes Biest.«

6.

Die Fenster und Türen der Wirtsstube waren weit aufgerissen. Im Haus ging alles durcheinander.

Der Schwieger kam aus dem Keller mit Weinflaschen unter den Armen.

»Man sucht dich schon«, rief er Sara zu.

Die Schwieger lief Sara aufgeregt entgegen. »Wo steckst du denn? Komm schnell. Binde die Schürze um. Mach Feuer. Wir kochen.

Heute wird gegessen und getrunken. Der Großbauer war hier. Er hat das ganze Dorf heute Abend eingeladen. Er hat schon Gänse herübergeschickt und Fett und alles, was wir brauchen. Alles freut sich. Hörst du, wie es im Dorf summt. Jetzt darf man wieder essen und trinken. Fort sind sie, die roten Halunken. Hast du es schon gehört. Es gibt keine neuen Gesetze mehr ...« Sie lachte leise vor sich hin. Lief mit kleinen Schritten geschäftig in der Küche auf und ab. Der Mund bewegte sich weiter. In ihrer Freude wurde sie gesprächig. Achtete nicht weiter auf Sara.

Diese band sich langsam eine Schürze um, schob sich an den Küchenmöbeln weiter. Die Schmerzen zogen strahlenförmig zum Kopf. Sie hielt die Hände an die Schläfen. Im Rücken rumorte stechendes Prickeln. Die Füße waren schwer. Aber sie mussten sich bewegen. Sie zwang sie, sich weiterzuschieben. Schwer atmend machte sie das Feuer an. Hielt die kalten Hände über die prasselnde Wärme. Draußen auf der Gasse wuchs der Lärm. Schreie drangen herein. Wiehern.

Die Schwieger trieb zur Eile an. Sah nach Sara, die noch immer unbeweglich vor dem Feuer kniete.

Die Augen der Alten sprangen prüfend über das fahle Gesicht, den gekrümmten Leib, die tief liegenden, beschatteten Augen.

Sara fühlte den Blick, schnellte hoch, glättete die Schürze.

Von draußen strömte immer stärker Johlen und Kreischen, Getrampel, Gebrüll herein.

Durch das Küchenfenster sahen Sara und die Alte einen schwarzen Strom, Frauen, Kinder, Männer durcheinanderwimmelnd, kribbelnd sich vorwärtswälzen.

Tore wurden aufgeschlagen, neue Menschen strömten herbei. Fenster wurden aufgerissen, Köpfe pflanzten sich auf.

Die Dorfgasse war schwarz von Menschen, und immer stießen noch unerwartet Gestalten dazu. Das Stimmgewirr wuchs. Wilder wurde das Durcheinander. Schrillender die Schreie. Aber man konnte noch nichts erkennen, sah nur den taumelnden Haufen. Der lichtete sich auf einen Augenblick, und eine Gestalt wurde sichtbar, gegen die sich alles wendete, die gezerrt und geschleppt wurde, die sich kaum mehr aufrecht halten konnte.

Man erblickte Mattheus, der weitergezerrt wurde. Er wehrte sich. Seine Arme kreisten mit schwindelnder Schnelligkeit, die Füße schlugen aus nach allen Richtungen, aber er wurde nur noch fester gepackt. Die

Arme wurden von Händen festgeschraubt, die Füße gestoßen, bis sie sich müde ergaben. Immer lauter wurde das Kreischen.

Man brüllte: »Wohin mit ihm? Was sollen wir mit ihm machen?«

Eine Frauenstimme krächzte: »In den Fluss mit ihm. Schmeißt ihn ins Wasser. Ertränkt ihn wie einen räudigen Hund.«

Und eine andere Stimme: »Hängt ihn doch auf. Gibt's nicht genug Bäume?«

Dann wurde es still. Jeder suchte nach einem guten Gedanken. Alles schnaufte, atmete. Alle suchten wild nach etwas Neuem. Sie zogen Mattheus weiter.

Seine Stimme brach leise, kaum hörbar, aus der Masse: »Lasst mich doch frei. Man hat euch nur verhetzt. Ich habe es gesehen, wie ihr mit den Reitern gesprochen habt. Hab ich denn euch etwas Böses getan? Hasset ihr mich, weil ich euch aufrütteln wollte, weil ich euch zu wecken versucht habe. Man will euch nur in Finsternis, in Unwissenheit stoßen, damit ihr bessere Arbeitstiere seid.« Toben und Schreie antworteten ihm. »Wir wollen dich nicht hören. Wir wollen nichts mit dir zu tun haben. Wir haben nie auf dich hören wollen. Tu nicht so, als ob wir deine Freunde gewesen wären. Auf den Galgen mit dir, ja, man hat es uns gesagt, du verdienst den Tod.«

»Ja, redet nicht so viel. Macht ein Ende mit ihm.«

Aus der Menge wand sich langsam der breite Körper des Großbauern. Er lief einige Schritte allen anderen voran, stand jetzt dem ganzen Schwarm allein gegenüber.

Er begann ganz hoch, mit fistelnder Stimme, wie ein Bettler auf dem Jahrmarkt: »Ihr guten Menschen, tut ihm doch nichts, dem armen Wicht. Was wollt ihr denn von ihm? Hat er euch nicht geliebt wie unser Heiland? Habt ihr es denn schon vergessen? Früher konntet ihr ihm doch gar nicht genug zuhören. Wie er euch all die schönen Versprechungen gemacht hat, da habt ihr doch gejubelt und geklatscht. Habt ihr schon vergessen, was der Gute euch alles versprochen hat? Ihr seid die Herren, euch gehört das Land, euch gehört alles, wohin ihr schaut. Die gebratenen Tauben werden euch in den Mund fliegen. Wie ihr glücklich sein werdet. Hat er es euch nicht versprochen? Habt ihr denn alles vergessen? Auf den Galgen mit den Reichen, habt ihr geschrien. Da war ich der Schlechte, da hättet ihr mich am liebsten erschlagen. Hat er euch nicht geführt gegen die Reichen und Mächtigen? Er, das lammfromme Menschlein, das sanfte Täubchen. Warum schreit ihr jetzt. Wurdet ihr nicht glücklich? Passt euch das Paradies nicht? Hat er euch vielleicht zu viel versprochen?« Seine Stimme tanzte immer höher, erstickt vor Lachen. »Warum hat euch das Glück nicht geschmeckt, das er euch gegeben hat? Warum hasst ihr ihn denn? Seht, er hätte mich gern euretwegen auf den Galgen gebracht, der liebevolle Engel. Gern hätte er mich geopfert, für euch geopfert, den eigenen Bruder. Er hätte mich mit Freuden ausgeraubt, mich zum Bettler gemacht, um euch meinen Reichtum zu geben. Das wisst ihr. Und ihr seid ihm nicht dankbar. Aber ich bin anders als er. Ich nehme ihm nichts übel. Ich weiß, warum er alles getan hat. Seht ihr, in mir ist keine Rachgier. Ich will es nicht. Wer von uns beiden ist der Bessere, frag ich euch. Wer?«

Der Großbauer ließ seine Stimme anschwellen, dass man ihn auch in den hintersten Reihen verstehen konnte. Die Leute wurden unruhig, sie begriffen nicht, was der Großbauer eigentlich wollte.

Wieder erscholl das Lachen des Großbauern. »Seht ihr, ich will nicht, dass ihm etwas geschieht. Ich bin nicht wie dieser Heilige, dem keine Brüderschaft galt. Er hat euch betrogen, das ist wahr. Er hat euch leere Versprechungen gemacht. Er dachte, er könnte euch dumm machen. Doch ihr ließt euch nicht lange an der Nase herumführen. Ihr habt ihn schnell durchschaut, seine leere Wortdrescherei erkannt. Ihr wusstet, dass er nur aus Neid gegen die Reichen, gegen mich hetzte. Ihr wusstet, dass er euch nur betrügen wollte, euch in noch größeres Elend stürzen. Ihr wusstet auch, wer euch eigentlich wirklich gut ist. Aber ich will keine Rache gegen ihn. Denn ihr habt ihn schon lange erkannt. Ihr sollt ihm nichts antun. Er soll nur sehen, wie ihr glücklich sein könnt, der Neidhammel. Ich mache euch keine Versprechungen, die ich nicht halte. Kommt nur, er soll sehen, wie ihr glücklich sein könnt.«

Der Großbauer blieb einen Augenblick stehen. Die Menge nahm ihn wieder auf.

Langsam bewegten sie sich vorwärts.

Sie kamen jetzt an die Tür des Wirtshauses.

Mattheus in ihrer Mitte wankte bleich, willenlos. Jemand hatte ihm einen Schlag auf den Kopf versetzt.

Wieder trat der Großbauer aus der Menge hervor. Er stand an der Wirtshausschwelle, schwenkte hoch die Arme und winkte alle herbei. Einige folgten ihm gleich. Dann kamen auch die anderen. Jene, die Mattheus festhielten, zögerten, doch der Großbauer rief auch sie herbei.

Mattheus schien aufzuwachen, wollte sich losreißen. Aber Arme langten nach ihm, zogen ihn hinein in die Gaststube. Alles strömte ihm nach. Das ganze Dorf schien auf den Beinen. Auch aus den Nachbardörfern kam Zuzug. Die Einladung des Großbauern hatte sich schnell herumgesprochen. Aus allen Ecken und Enden kamen die Leute, kreischend und lärmend. Schiebend und stoßend drangen sie herein. Die Wirtsstube war plötzlich vollgepfropft, vollgefüllt mit Menschenleibern.

Sara, der Schwieger und die Alte kamen erschrocken herbei, versuchten sich zu dem Großbauern, der allein in der Mitte stand, Platz zu bahnen.

Er rief sie mit hochgerecktem Arm herbei: »Macht Licht, wir wollen feiern. Schafft Essen herbei und genug zu trinken. Leert eure Speisekammer und Boden und Keller, bringt alles, was ihr habt, herbei.« Er warf die Hand an die Brust. »Habt keine Sorge, ich bewirte alle. Heute sollen alle glücklich sein. Alle sollen sich heute freuen. Jeder soll essen und trinken, so viel er will und kann.«

Die Stimme des Großbauern kletterte ganz tief, der Finger zeigte auf das blasse Gesicht Mattheus', das jetzt unter der wogenden Menge sichtbar wurde. »Alle sollen fressen und saufen, so viel sie wollen. Nur, der da nicht.« Wieder zeigte er auf den Kopf Mattheus'. »Der soll nur zusehen.«

Er klatschte in die Hände, trieb Jakob zur Eile. »Macht, macht, was steht ihr immer noch da. Und Licht, Licht. Heute soll es hell und glänzend sein. Und Wein herbei. Macht schnell. Nehmt die Beine in die Hand.«

Dann rief er dem davoneilenden Jakob noch nach: »Und schafft Zigeuner herbei. Es soll lustig werden, heute.«

Er setzte sich auf einen Tisch, schrie immer: »Seid lustig, freut euch. Der Neidhammel soll sehen, dass ihr glücklich sein könnt, nicht versauern wollt.«

Nathan kam gebückt, brachte Kerzen herbei, stellte sie in hohe Behälter, zündete alle an, schraubte die Petroleumlampe höher, schleppte Wein herbei. Die Gläser klangen und klirrten.

In der Küche schürte die Alte das Feuer. Erschien immer wieder vollbepackt aus der Speisekammer. Töpfe und Pfannen bedeckten den Tisch.

Im Hof hörte man Gackern, verzweifeltes Kreischen, Piepsen und Entengeschrei.

Zucker und Nüsse wurden tosend gestoßen.

Sara zupfte zwischen den Knien junge Gänse und fette Hühner, drückte die Ellbogen an den Bauch, der von Schmerzen durchrüttelt war. Nur ganz leise flüsterte sie vor sich hin: »Ich kann nicht weiter. Ich will sterben.«

Die Alte trippelte aufgeregt, die Hände rückten und schüttelten, kneteten und rührten. Auf dem Tisch breitete sich Teig aus, schwoll in Kübeln neben dem Herd. Sie ging in der Küche umher wie eine alte Zauberin, murmelte vor sich hin. Die kleinen, kurzsichtigen Augen näherten sich den Töpfen, die Nase schnüffelte, die Zunge kostete.

Eier kehrten ihr gelbes Innere heraus. Aus den Tomaten quoll roter Saft. Mehl schimmerte weiß. Honig tröpfelte golden. Düfte stiegen empor. Satte, schwere, prickelnde, aufreizende.

Die Küche brodelte und summte, prasselte und zischte.

Der Schwieger kam aufgeregt herein, trieb mit fuchtelnden Armen und überschnappender Stimme zur Eile.

Schon wurden die Schüsseln gerichtet, fettig glänzende, braunknusprige Gänse schichteten sich strotzend auf.

Die nackten Arme Saras, die Ärmel hatte sie hochgeschoben, trugen schwer die Schüsseln. Die Muskeln spannten sich. Die Lippen waren bleich, das Gesicht ohne Farbe. Sie horchte in sich hinein. Der Schmerz zerriss immer stärker den Leib.

Dann folgten andere Schüsseln. In einem Kübel breiteten sich frische, säuerlich grüngelbe Blätter aus.

Die Bauern jauchzten laut auf, als sie die Schüsseln erblickten. Einige schlugen sich klatschend die Schenkel. Andere stießen Pfiffe aus, schnalzten mit der Zunge. Manche stellten sich auf Stühle, um besser sehen zu können. Viele drangen schnell vor, langten mit weit ausgestreckten Armen in die Schüsseln. Alles tobte, rannte durcheinander.

Mattheus sah sich auf einmal ganz allein an einem Tisch. Seine Augen wurden wach, machten verstohlen die Runde, dann tastete und schob er sich zur Tür.

Der Großbauer tat, als sähe er nichts, er blickte unbeteiligt in die Luft. Unbeteiligt schien er ihm die Freiheit zu schenken. Doch kaum war Mattheus an der Tür angelangt, rüttelte er mit einem Schrei die

Bauern auf, die in der Nähe saßen: »Lasst ihn nicht entwischen. Wie passt ihr auf.«

Sofort griffen viele Arme nach Mattheus.

»Hoho«-Rufe lärmten.

»Haltet ihn, haltet ihn.« – »Packt ihn, den Durchgänger!« – »Du möchtest fortlaufen? Warte du mal, warte!« – »Wir werden dich schon lehren!« Man ergriff ihn am Arm, zerrte ihn wieder in die Stube.

Aus allen Ecken tönten Zurufe: »Fesselt ihn doch. Da hat man keine Sorgen mit ihm. Braucht nicht immer auf ihn aufzupassen.« – »Hier an diesen Pfahl bindet ihn fest.« – »Ja, bindet ihn, dass er sich nicht bewegen kann.«

»Hier sind Stricke.« – »Bindet ihn.« – »Nur festhalten.« – »Bleib still, ruhig.«

Vor seinem Gesicht fuchtelten Fäuste.

»Zieht die Hände!« – »Näher den Fuß!« – »Seht nach, ob auch die Stricke gut halten.«

»Tanz nicht so.« – »Bleib ruhig.« Die Hände zogen prüfend über die Stricke. Rüttelten und zogen. Waren endlich zufrieden.

Mattheus stand kerzengerade aufgerichtet, am ganzen Leib mit Stricken verschnürt, an den Pfahl gebunden. Der Kopf wurde hochgestoßen, in eine Vertiefung des Pfahles eingezwängt. Er konnte nur schwer atmen.

Die anderen kümmerten sich nicht mehr um ihn. Schmatzten schon. Die Schüsseln wurden leer. Immer reichlicher floss Wein. Man hörte zufriedenes Summen.

Eine Gänsekeule schaukelte jetzt vor Mattheus' Nase. Flog an einem Bindfaden ihm zu, schlug gegen seine Wange. »Riech doch.« – »Riecht's lecker, Heiliger?« Sie schlug noch einmal gegen seine Backenknochen, wurde dann zurückgerissen.

Wiehern. »Wie sein Mund danach geschnappt hat, habt ihr es gesehen?«

»Er möcht wohl fressen. Hört doch seinen Magen knurren.« – »Er will uns Musik machen, bis die Zigeuner kommen. Hier, riech doch das.«

Wieder flogen Fleischstücke gegen sein Gesicht. Fielen auf die Erde. »Schmeckt's, du Heiliger?« – »Seht, wie sein Speichel rinnt.« – »Wart nur, es kommt noch besser.«

Mattheus versuchte zu sprechen. Die Stricke nahmen ihm jede Kraft. Er konnte nur flüstern: »Warum tut ihr mich hassen? Ihr schämt euch nur vor euch selbst. Ihr tut euch nur selbst hassen, weil ihr feige und schwach wart. Weil ihr für einen fetten Bissen, für ein bisschen Wein eure Zukunft verkauft. Aber sie können es nur mit euch so machen, weil sie euch immer ausgehungert haben.«

Nur der Großbauer, der in seiner Nähe saß, hörte jedes Wort. Er rief den Bauern zu: »Er beschimpft euch, aber kümmert euch nicht um ihn.«

Neue Schüsseln wogten über die Köpfe. Saftige, rosige Hühner. Rote Zungen schwammen, eingebettet in braunem Weinsaft, zwischen Rosinen und Mandeln.

Auch die Zigeuner kamen. »Herein, herein mit euch, hier wird nicht gehungert! Wein bringt ihnen zu trinken. Volle Teller!«

»Bei uns geht es hoch her.«

Finger zeigten gegen Mattheus. »Seht, nur der darf nicht mitmachen. Der ist ein Heiliger. Der verachtet uns. Der soll nur zusehen.«

Man lacht. Das Gesicht Mattheus' will sich wegdrehen, will den lachenden, spöttischen Augen ausweichen, aber er kann den Kopf nicht bewegen. Nur der Mund verzieht sich schmerzhaft. Alles wiehert lauter.

Die Zigeuner stehen in der Ecke. Aus den Geigen strömen jauchzend, wirbelnd Töne. Auf dem Zymbal trommeln die Schläger den Rhythmus. Die Füße scharren unter den Tischen.

Bald kamen, herbeigelockt von der Musik, festlich gekleidete junge Frauen und Mädchen herbei. Die Reichsten aus dem Dorf, die nicht aus fremden Schüsseln essen brauchen. Die weißen Linnenkleider sind gold und rot bestickt. Farbige Perlen klirren um ihren Hals. Sie begannen gleich zu tanzen. Ihre Zöpfe, die Bänder flogen, ihre Röcke wippten über unzähligen Unterröcken. Sie umtanzten Mattheus. Warfen die Beine hoch, drehten sich und sprangen um ihn.

Die Zigeuner spielten schneller und wilder. Auch die Bäuerinnen drehten sich schneller. Aber auch während sie tanzten, ließen sie nicht ab von Mattheus.

Sie kitzelten ihn. Zogen seinen Bart, warfen die Schuhspitzen gegen seine Knie.

Im Takt schrien sie ihm zu: »Du wolltest, wir sollen hässlich sein. Hast gegen unseren Tand gepredigt. Wir sollten in Lumpen gehen, in graues Nesseltuch hättest du uns gern gesteckt. Lumpen sind gut für dich, du Hässlicher. Wir wollen schön sein und uns schmücken. Wir wollen nicht aussehen wie die Armen, wie schmutzige Mägde, wie Häuslerinnen, die nichts haben. Man hat dich schnell weggejagt, dich Sauergesicht. Wir aber wollen lustig sein.«

Die Musik brach ab. Die Bäuerinnen fielen erschöpft auf die Stühle. Die Luft wurde dicker und schwüler.

Saftiger Strudel wurde hereingebracht. Mit Äpfeln gefüllt, mit dunklem Mohn, süßen Nüssen. Alle liefen hin, rauften sich darum.

Die Kinder sprangen jauchzend herum, stopften sich die Münder voll, wie sie nur konnten.

Wein glänzte, rot, gelb.

Er wurde den schwitzenden Zigeunern in den Mund gegossen.

Bald aber erinnerte sich wieder einer an Mattheus, ein großer Mann. Er hatte einen Honigtopf entdeckt und beschmierte die Nase, das ganze Gesicht Mattheus' mit Honig. Er warf vergeblich den Kopf hin und her, um dem Spott zu entgehen, vergeblich versuchte er sich zu befreien, loszureißen. Wo waren seine Freunde? Wagten sie sich nicht vor? Kümmerte sich keiner um ihn? Hatte keiner Mitleid, Erbarmen?

Wieder war er von einer Menge umstanden, sie trampelten mit den Füßen, lachten, klatschten in die Hände.

»Du sollst auch was vom Guten haben. Nicht vergeblich greinen. Aber was für Gesichter er schneidet. Nichts scheint ihm gut genug zu sein.«

Fliegen, gelockt vom süßlichen Geruch, kamen scharenweise, setzten sich auf Mattheus' Gesicht, auf seine Nase, seine Ohren, sogen den klebrigen Honig.

Mattheus versuchte sie zu vertreiben, aber der Kopf saß festgeklemmt. Er schnitt Gesichter, legte die Haut in Falten. Versuchte so die lästigen Nascher wegzuscheuchen.

Die Leute umstanden ihn und schrien vor Vergnügen. »Die Fliegen lieben ihn auch, den Volkskommissar.« – »Möchten ihn am liebsten auffressen.« – »Aber die Liebe kitzelt ihn zu sehr.« – »Schneid doch nicht so saure Gesichter; zu der süßen Haut passt das nicht.« – »Er gönnt nicht einmal den Fliegen ihr Vergnügen.« Als sie genug gelacht hatten, verließen sie ihn wieder.

Die Kinder bekamen gelben Honigkuchen, mit weißen Mandeln gefüllt. Nur Martin wollte nichts. Er wollte nicht essen. Am liebsten hätte er sich die Ohren verstopft. Die Erwachsenen hatten so viel zu tun, sie hatten ihn ganz vergessen. Er begriff nichts von diesem wilden Taumel. Er wagte niemanden zu fragen, er wusste, es wäre auch ganz vergeblich. Was wollten sie mit Mattheus, der die Fliegen verscheuchen wollte.

Als sich das Kind unbeobachtet sah, kletterte es vorsichtig auf einen Stuhl, der in Mattheus' Nähe stand. Es war jetzt genauso groß wie der an den Pfahl gebundene Mattheus. Ganz nahe sah es den verklebten Bart, die ermatteten Augen. Es wollte mit einem Tuch sein Gesicht abwischen. Es wollte ihn von den Stricken befreien. Aber seine kleinen Hände bastelten ohnmächtig, konnten nichts ausrichten. Von hier oben übersah das Kind erst den Raum, die Gesichter. Es empfand eine schreckliche, namenlose Angst, und an Mattheus' Schultern gelehnt, brach es in ein verzweifeltes, kindliches Weinen aus.

Mattheus tröstete ihn: »Geh, du brauchst nicht weinen. Jetzt ist wieder alles gut. Du hast die Rechnung glattgemacht. Aber geh jetzt, bevor dich die anderen merken.«

Doch man hatte schon das Kind gesehen. Die ganze Zeit hatte der Großbauer es gesehen. Er hatte nie die Augen von Mattheus gelassen. Trübe flackerten Hass und Hohn in ihnen.

Jakob hatte ihm frischen Wein gebracht. Er folgte dem stieren Blick und entdeckte bei Mattheus den Enkel.

Er bahnte sich den Weg mit komischen, flatternden Bewegungen. Wie kam sein Blut zu dem Verfemten. Das Kind kann damit Unglück auf sie alle bringen. Er zerrte es vom Stuhl, legte die Hand über den kleinen Mund, um das Weinen des Kindes zu ersticken.

»Du musst ins Bett. Schlafen. Kinder müssen schlafen.« Er legte das Kind angezogen ins Bett. »Wo ist deine Mutter?«, murmelte er, und als er die Tür hinter dem Kind verschloss: »Die Mutter, die kümmert sich gar nicht um ihr Kind.«

Unten in der Wirtsstube legten die Zigeuner die Gesichter über die Geigen. Die Musik hub an, leise, klagend.

Leichter Wind kam leicht wehend durch die offenen Fenster, durch die weit aufgerissene Tür.

Einige Paare begannen sich zu wiegen.

Immer mehr Leute versuchten im engen Raum zu tanzen.

Sara stand an die Küchentür gelehnt, schwer atmend. Die Bauchhöhle schmerzte, als wäre sie voll offener Wunden. Vor den Augen flimmerte es. Ihr Rücken war vom vielen Heben und Bücken wie entzweigerissen.

Die Musik peitschte gegen die Schläfen. Der Lärm brandete schmerzhaft gegen ihre Ohren.

Da stand der lange Andrej, der Blödian, vor ihr und forderte sie zum Tanz auf. Sein Gesicht war dunkel, sein Körper zitterte. Sein Kopf wollte immer Mattheus suchen, aber er zwang ihn fortzuschauen. Er wollte von nichts wissen. Er wollte essen und trinken, und tanzen wollte er, tanzen mit Sara.

Er stand vor ihr in einer Haltung, dass sie ihn nicht abzuweisen wagte.

Gut, sie wollte tanzen, tanzen, bis ihr Körper auseinanderfiel. Quälen, bis zur Bewusstlosigkeit, quälen wollte sie diesen Körper, mochte dann, was immer, geschehen.

Sie legte die Hand auf seine Schulter. Ihre Hüften passten sich der Musik an. Die Füße schoben sich langsam weiter, sie näherten sich den Zigeunern.

Sie tanzte besinnungslos. Dann lösten sich ihre Hände von Andrejs Schultern. Die Arme warfen sich hinter ihren Kopf. Ganz langsam begann sie sich zu drehen. Der Nacken bog sich tief zurück. Das Gesicht zeigte sich ganz klar, zugewandt dem Licht. Sie bewegte sich jetzt kaum. Die Beine, die Brüste gaben den zitternden Nerven nach, zeichneten die Wellen des Schmerzes. Der ganze Körper, jeder Muskel löste sich bebend auf. Sie tanzte ihren Schmerz, wollüstig.

Die anderen blieben stehen, unbeweglich, mit offenen Mündern sahen sie ihr zu.

Aber sie bemerkte nicht die Blicke, nicht die staunenden Gesichter. Sie drehte sich immer weiter nach den Tönen. Der Bauch wiegte sich leicht. Das Gesicht war wie vor Schmerz erfroren. Da lösten sich die Hände. Sie streckte sie weit aus, wie suchend.

Die Musik spielte leiser, Sara blieb jetzt stehen. Der Körper zitterte, nur von Musik durchtost. Nur die Hände tanzten noch, wanden sich, schrien und wurden plötzlich ohnmächtig, tot, als die Musik aufhörte.

Das Gesicht war weiß, verzerrt, als sie auf einem Stuhl zusammenbrach.

Die Bauern umstanden sie. Einige Bäuerinnen lachten. »Die verfluchte Jüdin hat den Teufel im Leib.« Sie riefen den Bauernburschen zu: »Man muss schon was wagen, wenn man sich hinstellt, mit der da zu tanzen.«

Andrej musste jetzt doch nach Mattheus sehen. Vorhin hatte er die Augen nicht von Sara abwenden können. Vielleicht war es sogar besser,

Mattheus anzublicken als dieses teuflische Weib. Die Bäuerinnen mussten doch recht haben.

Aber der Anblick Mattheus' war schrecklicher, als er erwartet hatte, er musste schnell wegschauen. Er hörte ihn jetzt lallen: »Lasst mich frei. Löst doch die Stricke … Mein Hals ist wie in eine Schraube eingespannt. Meine Hände sind schon wie aus Holz. Meine Füße sind aus Blei. Unter der Haut tanzen tausend Nadeln. Die Stricke zerschneiden mein Fleisch.«

Aber der Großbauer ließ seine Stimme alles übertönen: »Spielt, Zigeuner. Ihr seid doch nicht hier, nur um zu fressen und zu trinken. Los, spielt!«

Mattheus aber wollte alles übertönen. Sein ganzer Körper bebte vor Anstrengung. Er wollte dem Großbauern etwas sagen. Sein ganzer Körper arbeitete, um das Wort herauszuschleudern. Da kam es, es stieg langsam herauf, ein heiserer, unmenschlicher Laut. Und als er draußen war, wuchs er, übertönte die Musik, das Lachen, das Klirren, das Stampfen, und er warf es gegen den Großbauern. Wut, Hass, Flehen, alles zitterte in ihm. »Du.« Im ganzen Raum hörte man nichts als dieses »Du«. Er stieß es gegen die Brust des Großbauern. Es rüttelte würgend an seinem Hals. Es zog ihn vom Stuhl, zog ihn langsam mit winzigen Schritten hin zu Mattheus.

Er stand vor ihm.

Jetzt kam nur Atem, zischend, prasselnd, heulend, pfeifend aus dem weit geöffneten Mund. Und dann mit ganzer Kraft, tierisch aufbrüllend: »Befreiung.«

Aber der Großbauer zog den Kopf zwischen die Schultern: »Von mir erwartest du Hilfe, von mir, dem armen Nichts?« Seine Arme machten eine breite Bewegung, umfassten das Zimmer. »Aber hier sind sie ja, deine Freunde. Sprich doch zu ihnen. Hier sind sie. Siehst du sie? Jetzt habe ich sie dir gezeigt. Jetzt sage ihnen, dass ich ihnen nur das Blut aussauge. Da sind sie. Lieb sie doch. Ich, ich tu dir doch nichts. Hab ich dich angerührt? Hab ich etwas gegen dich getan? Aber siehst du, ich könnte mich doch nicht deinetwegen von ihnen zerreißen lassen. Nein, mich lass aus dem Spiel. Du kannst doch besser sprechen.«

Wieder ging er zurück zu seinem Tisch. Ließ Mattheus mit einer bedauernden Gebärde allein.

»Lasst das irrsinnige Gehopse«, flehte Mattheus die Tanzenden an. »Ihr Unseligen, ihr Ausgehungerten, Freudlosen, man kann euch leichter ködern als ein entkräftetes Tier.« Seine Zunge warf lallend die Worte den Bauern zu.

»Er beschimpft euch, weil ihr vergnügt seid, weil ihr Freude am Leben habt.«

»Wir werden ihm schon den Mund verstopfen, sei nicht bange. Wir wollen uns nicht alles von ihm gefallen lassen.«

Einer riss ein großes Tuch aus der Tasche, zerknüllte es zu einem Knebel. Er wandte sich an die Tanzenden und rief ihnen zu: »Einer komme doch her und sperre sein Maul auf. Der soll uns nicht länger mit seinen dummen Reden stören.«

Ein starker Bursche kam herbei, stellte sich vor Mattheus hin. Sein Mund wurde aufgerissen. Der Knäuel hineingestopft.

»Mach's nur fest«, feuerte ihn der andere an.

Hoch schwangen die Töne. Die satten, vergnügten Gesichter lachten. Die Röcke wippten. Arme fuchtelten. Stimmen jauchzten. Gläser klangen. Die Körper taumelten. Warfen sich gegeneinander.

Niemand achtete mehr auf Mattheus. Er versuchte, den Knäuel aus dem Mund zu bekommen. Konnte kaum noch atmen. Sah hilfesuchend sich um. Der Atem kam röchelnd, glucksend. Er wollte schreien. Der Schrei erstarb. Der gefesselte Körper begann zu zittern, wand sich. Die Lippen wurden blau. Die Augen traten immer mehr aus den Augenhöhlen. Der Augapfel rutschte hinauf, verschwand. Nur das rotdurchzogene Weiß blieb sichtbar. Der Körper schnellte noch einmal hoch, dann verschwand das Zittern. Die Muskeln legten sich schlaff. Die Augenlider schoben sich ganz hoch. Die Augen starrten leer. Die Fliegen kamen jetzt in Scharen herbei, bedeckten sein starres Gesicht. Nur diese schwarze Masse bewegte sich noch am ganzen Körper. Die Tanzenden flogen durcheinander vorbei, stießen sich an, kreischten.

Ein Betrunkener taumelte, fiel platt hin, stieß mit anderen Tanzenden zusammen, riss sie mit, alles kollerte auf dem Boden durcheinander.

Einer taumelte hin zu den Füßen Mattheus', schlug den Kopf gegen sie. Der Kopf schmerzte. Er sprang auf. Schnaubte vor Wut. Er brüllte: »Was, du wagst mir noch wehzutun? Ich will dich lehren.« Seine Faust warf sich gegen Mattheus' Brust, sie prallte von etwas Hartem, Leblosem zurück. Er schlug noch mal hin, betastete ihn dann, das Fleisch war steif, wie Holz. Die Hand zog sich entsetzt zurück. Er lallte etwas. Zeigte fuchtelnd immer wieder auf Mattheus.

Die anderen merkten es, kamen herbei. Sie befühlten Mattheus, alle prallten zurück vor dem kalten Körper. Einer begann zu schreien: »Hört, er ist ja tot.«

Sie reißen den Knäuel aus seinem Mund. Der bleibt offen. Das Zahnfleisch, die gelben Zähne werden sichtbar. Man reißt ihm die Stricke ab. Eine Hand gießt Wein in den offenen Mund. Aber der rote Saft fließt bei den Mundwinkeln wieder heraus. Sie heben und reiben den Körper. Er bleibt leblos. Sie wollen ihn gerade aufrichten, aber der Körper schwankt, fällt schwer hin.

Der Großbauer, mit weit vorgestrecktem Leib, sah alles. Taumelnd wollte er sich zu Mattheus Weg bahnen. In diesem Augenblick kam ein fegender Windstoß, schlug die Fenster und Tür zu. – Flackernd verlöschen die Kerzenflammen. Nur die Petroleumlampe brennt blakend.

Aber die Zigeuner spielen weiter. Einige tanzen noch, fallen über die liegenden Betrunkenen.

Der Großbauer stößt alle, die ihm im Wege sind, fort. Seine Hände suchen im Dunkel, auf dem Boden, Mattheus. Seine Finger finden ein Gesicht, er beugt sich darüber, aber saurer Weinatem schlägt ihm entgegen. Ein Betrunkener lallt.

»Wo ist er?« Er sucht fuchtelnd im Dunkel. Er zerrt an Frauenröcken. Immer halten ihn neue Gestalten auf. Die Betrunkenen schreien, lachen, wälzen sich auf der Erde, packen seine Hand, wollen ihn hinwerfen.

Die Zigeuner fiedeln ohne Pause weiter.

Der Großbauer richtet sich auf, brüllt: »Hört auf. Seid still. Ihr habt ihn ermordet. Was habt ihr getan? Wo ist er? Macht endlich Licht.« – Immer lauter rief er nach Licht.

Jakob kam wieder und zündete die Kerzen an.

Abgesondert lag Mattheus. Sein Gesicht war verschmiert, bläulich. Noch immer umlagerten es Fliegen. Der Großbauer begann ihn vorsichtig zu rütteln. Dann sprang er auf, zischelte der Menge zu: »Mörder, Mörder seid ihr.«

In der Stube lief alles durcheinander. Suchte die Tür. Einige Frauen kreischten: »Ein Toter! Schnell fort. Kommt.« Sie liefen mit wehenden Röcken. Auch Bauern rannten hinaus. Die Zigeuner nahmen ihre Instrumente unter den Arm, schlichen sich aus der Tür. Die Betrunkenen wurden bei den Füßen ins Freie hinausgeschleppt.

Der Großbauer hielt die fliehenden Bauern am Arm fest: »Lauft doch nicht weg. Hört doch, lauft nicht weg. Ihr habt ihn ermordet. Nicht ich, nur ihr. Ich nicht.«

Er lief nach hinten in den Raum. Eine hagere Bäuerin packte ihn am Arm. Die Witwen-Anna. So blass war ihr Gesicht, dass er erschrocken von ihr zurückwich.

Sie trug nicht das rote Tuch. Der kleine, grau melierte Haarknoten schwankte schief auf ihrem Kopf.

»Gut, dass ich mit dir noch sprechen kann, Großbauer. Mich hast du auch bewirtet, hörst du. Mich und meine vier Kinder. Weil ich mich einmal satt essen wollte, meine Kinder sollten auch einmal Hühner und Gänsebraten vorgesetzt bekommen. Aber hier, ich mag nicht dein Freimahl. Hier, ich spei es vor deine Füße.«

Mit grünem Gesicht würgte sie, spie sie.

Der Großbauer wich zurück: »Weg mit dir, du scheußliches Weib. Weg mit euch allen. Und schafft ihn fort, den Mattheus. Weg mit euch allen!«

Er suchte die Tür.

Mehrere Bauern kamen, packten den Leichnam, schleppten ihn hinaus.

»In den Fluss mit ihm. Fort mit ihm.«

Wieder kam ein Windstoß. Die Kerzen erloschen. Auch die Lampe war abgebrannt. Aber die Wirtsstube war jetzt leer.

Die Alten waren in ihr Zimmer geflüchtet.

Wie ein geschundenes Tier keuchte Sara die Treppen hinauf. Ich verblute, dachte sie schon halb bewusstlos. Warum kann der Mensch so vieles aushalten?

7.

Zu Mittag aß die Familie in der Wirtsstube.

»Du siehst ja aus wie der Tod«, sagte die Schwieger zu Sara.

Wirklich wirkte Sara, als hätte sie keinen Tropfen Blut im Leib. Die Kleider hingen schief an ihr. Die Haare fielen ihr in die Augen. Und eine Schramme vom gestrigen Fall lief quer über die linke Wange.

Martin hatte seinen Kopf über den Tisch gelegt und wollte nicht essen. Ganz leise weinte er vor sich hin.

Der Schwieger sprach auf das Kind ein: »Du musst essen, Martin. Du darfst nicht weinen. Wir müssen jetzt alle ganz still sein und die anderen alles unter sich ausmachen lassen.« Er sprach nicht mehr zu dem Kind. »In den Nachbardörfern geht es schon ganz wild zu. Man hat die Bauern wie ausgehungerte Tiere auf die Juden gehetzt. Was auch geschieht, immer sind es die Juden, die zahlen müssen. Sara, du musst schweigen, und lass das Kind mit niemandem sprechen. Du kümmerst dich nicht genug um Martin, Sara. Gestern Nacht fand ich ihn bei dem Mattheus. Der Großbauer hat es gemerkt, ich hab den Blick gut gesehen, mit dem er das Kind verfolgt hat.«

Sara wollte erst aufbrausen. Hatte sie schon wieder nicht genug gemacht? Ach, es lohnte ja nicht zu sprechen. Aber die Luft hier, die war unerträglich.

»Ich muss die Fenster öffnen, ich ersticke hier. Entsetzlich dieser Dunst. Ich ertrag es nicht.«

Sie wollte die Fenster aufreißen.

»Bist du wahnsinnig?«, rief der Schwieger. Er lief selbst zur Tür und schob den Riegel vor. »Niemanden darfst du hereinlassen.« Er ließ die Vorhänge herab. »Wir haben ja nichts zu befürchten. Uns wird doch nichts geschehen. Keiner kann sich über uns beklagen. Ich hab ihnen immer zu trinken gegeben, so viel sie wollten. Wir haben nie gesprochen, nie uns eingemengt.«

»Ich fürchte mich nicht. Ich fürchte mich nicht vor den Bauern. Ich fürchte mich vor niemandem und vor nichts. Ich will Luft ...«

Die Schwieger sprang auf. Sie stand vor Sara wie eine alte, böse Katze. »Von dir weiß man, was du möchtest. Glaubst du, ich weiß nicht, was in deinem Kopf vorgeht? Glaubst du, man hat keine Ohren, keine Augen? Glaubst du, man ist taub und blind? Sieh in den Spiegel! Meinst du, man sieht dir nicht alles an? Glaubst, man weiß nicht, dass du eigentlich ins Gefängnis gehörst? Ich habe geschwiegen, weil man Erbarmen mit dir hat. Aber man kann ja noch sprechen. Man ist ja nicht stumm. Ja, sieh dich nur vor.«

Sie fiel wieder zurück auf ihren Stuhl.

Sara bewegte sich nicht. Sie maß sie nur mit eisigen Augen.

Martin begann lauter zu weinen.

Sara nahm ihn bei der Hand: »Komm, Martin, ich bring dich hinauf.«

Als sie mit dem Kind sprach, wurde ihre Stimme weich.

Die Alte murmelte ihren Spruch, den sie in letzter Zeit hundertmal hersagte: »Nur gut, dass bald der Heinrich nach Hause kommt.«

Draußen rüttelte jemand an der Tür.

Alle blieben still, regungslos.

Sara war es, die zuerst die Vorhänge wegschob und hinausspähte. Dann kamen die Alten. Das Kind hatte man hinaufgeschickt.

Draußen stand eine dicke Frau. Sie war ganz in Schweiß gebadet. Ihr Gesicht war stark gerötet. Sie hatte einen Schiebekarren gezogen. Sie hielt noch jetzt die Hand an der Stange. In dem Karren waren zwei Säcke, die noch mit Tüchern zugedeckt waren. Man hätte meinen können, sie schleppte sich mit Kartoffelsäcken ab, aber mit einer komisch wirkenden Zärtlichkeit streichelte sie von Zeit zu Zeit die Säcke.

Sie war eine Verwandte der Alten aus einem der Nachbardörfer, eine reiche Frau, die sich sonst wenig mit ihnen abgab und noch nie bei ihnen in einem ähnlichen Aufzug erschienen war.

Als sie wieder an der Tür zu rütteln begann, öffnete man ihr.

Sie begann zu jammern. Ging dann aber zur Karre. Ächzend trug sie die Säcke selbst in die Wirtsstube. Sie legte sie behutsam auf den Boden.

Die Säcke bewegten sich, man konnte sehen, dass in ihnen lebende Wesen waren. In den Stoff waren mehrere Löcher eingeschnitten, anscheinend, um ihnen das Atmen zu erleichtern.

»Wasser, gib uns Wasser, und Milch.«

Sie stöhnte.

»Was ist denn geschehen? Du darfst uns nicht auch ins Unglück bringen. Es wäre besser, wenn du gingest«, flüsterte die Schwieger.

»Ich will ja gleich gehen. Ich will über die Grenze. Aber hab Erbarmen. Bring Milch.«

Plötzlich hörte man Lachen, ein Lachen, wie im Kitzel erstickt. Trunken taumelte dieses Lachen in den dumpfen Raum.

Alle drehten sich um, suchten das Lachen. Es durchschnitt immer lauter die Stille.

Eines der Bündel, die die Frau hereingeschleppt hatte, begann sich auf dem Boden zu bewegen. Die dicke Frau beugte sich hinunter, flüsterte in die Tücher hinein: »Still, Anna, still.«

Aber das Bündel wurde immer lebhafter, wälzte sich hin und her. Die Tücher verschoben sich, und man erblickte einen Kopf, zerzauste Haare, von Trunkenheit verschwommene Augen, dann kam eine nackte Schulter zum Vorschein, Hände befreiten sich, fuchtelten in der Luft, und wieder stieg das Lachen hoch, röchelnd aus einem aufgedunsenen, geröteten Mädchengesicht.

Auch aus dem anderen Bündel wollte sich ein Mädchenkopf befreien. Die Dicke streichelte die Haare, versuchte das Mädchen zu beruhigen: »Schlaf, Julia, schlaf.«

Sie deckte das andere Mädchen hastig zu: »Auch du musst schlafen, Anna, hörst du?«

Sie reichte ihnen Milch, dann flüsterte sie wieder: »Ihr müsst schlafen. An nichts denken.« Ihre Hände liefen an den verhüllten Gestalten entlang: »Ihr habt nur bös geträumt, nichts ist wahr. Ihr sollt vergessen. Schlafen, ihr müsst schlafen.«

Sie warf ihren Kopf zwischen die Hände und weinte laut jammernd.

»Du darfst nicht so laut schreien. Du bringst uns auch ins Unglück. Was ist denn geschehen? Du sagtest doch, du wolltest gleich weiter.«

»Erst müssen sie einschlafen. Sie müssen ganz tief schlafen. Wie habe ich sie gehütet. Wie habe ich sie geschützt. Wie verwöhnte Prinzessinnen haben sie gelebt. Nichts sollten sie wissen vom Leben, nichts von der Schlechtigkeit der Menschen. Nur lernen sollten sie, klüger und besser sein als wir. Als bei uns alles wahnsinnig wurde, dachte ich, es soll sie nicht berühren. Ich wollte fort mit ihnen. In ein anderes Land, wo sie in Ruhe hätten weiterleben können. Unsere Koffer standen schon gepackt, nur fort. Unten heulte schon die wilde Bestie, aber die Kinder – sie hören nichts, wissen von nichts. In weißen Kleidern sitzen sie in einer Ecke und lesen. Draußen klopft es, und zwei von den Reitern mit der Falkenfeder an der Mütze, mit glänzenden Stiefeln, geschniegelt und gestriegelt, stehen da. Und die Mädchen, sie lächeln ihnen entgegen. Ich will sie warnen, ihnen sagen, dass diese sporenklirrenden Kerle unsere Todfeinde sind, stell mich vor sie hin, will sie verbergen. Aber sie lugen hinter meinem Rücken hervor, wollen die Fremden sehen.

Ich dreh mich zu ihnen um, ich muss sie ja irgendwie retten, sag ihnen, geht schnell, ich muss mit den Herren allein reden.

Die Fremden lachen nur, nähern sich uns: ›O nein, sie sollen nur hierbleiben, die lieben Mädelchen.‹

Sie schieben mich fort. ›Verstellen Sie uns nicht wieder die schöne Aussicht, gute Frau.‹

Anna und Julia aber lächeln weiter, sie halten das alles noch immer für einen Spaß, vergeblich werf ich ihnen mahnende Blicke zu. Sie sehen mich schon gar nicht, sie schauen die beiden Kerle an. Der eine, er hat eine dunkelbraune Haut und funkelnde Augen, nähert sich Julia, legt die Arme über ihre Schultern, reißt sie hoch, drückt sie fest an sich. Sie will sich erschrocken losmachen, blickt entsetzt nach mir.

Der Kerl, der lacht und lacht: ›Du brauchst keine Angst zu haben, brauchst nicht nach deiner Mutter zu schauen, die Alte hat nichts mehr zu sagen.‹

Aber sie wirft die Fäuste gegen seine Brust, macht sich frei, will zu mir flüchten.

Der andere, ein großer Blonder, nähert sich Anna, legt seine Hände streichelnd unter ihr Kinn, hebt ihren Kopf hoch: ›Nun, bist du auch so eine kleine Furchtsame? Du siehst nicht so aus.‹ – Er zog sie bei der Hand an den Tisch. Anna lachte nur, sah gar nicht nach mir.

Der Dunkle kommt wieder zu Julia: ›Sei doch nicht so ängstlich, du kleiner Vogel, willst mir davonfliegen? Komm.‹

Wieder legt er seine Arme um ihre Schultern, und Julia lässt sie jetzt da, schauert nur zusammen, blickt erblassend in die Luft, aber ihr Kopf wendet sich ab von mir.

Sie sitzen jetzt alle um den Tisch. Die beiden Hunde, breit lachend, zwischen ihnen meine Töchter, die armen Engelchen, Julia und Anna. Sie wagen sich kaum zu bewegen, blicken mit bebenden Lippen auf den Boden, ihre Augen weichen mir aus.

Ich will den Kerlen Geld bieten, aber sie lachen nur, schieben mich fort. Der Blonde beginnt zu schreien: ›Bring Wein her, Alte! Die Kleinen sind zu still, zu traurig, die armen Würmchen, hast sie nicht gut gehalten, sie müssen fröhlich, lustig werden, die kleinen Mädelchen.‹

Ich nehme mich zusammen, will ganz ruhig antworten, ganz ruhig, diesen Schurken, ganz ruhig, aber doch so, dass sie merken, sie können hier nicht tun, was sie wollen, ich werde ihnen meine Kinder nicht überlassen, sie nicht einfach diesen Hunden vorwerfen.

›Geht, geht‹, sag ich, ›lasst meine Kinder in Ruhe, geht‹, meine Hand streckt sich aus, zeigt nach der Tür, und meine Stimme wird immer lauter, ich kann sie nicht zurückhalten, sie wird immer stärker, ich weiß, das ist nicht richtig, dass du so mit ihnen schreist, du schadest nur deinen Kindern, du machst sie nur noch wilder, diese Schweine, nur noch schlechter. Aber ich kann nicht, kann nicht über sie herrschen, immer mächtiger dringt sie aus meiner Kehle.

Die Mädels sehen mich erschrocken an, wollen mir winken, mich beruhigen. Die Kerle, sie werfen sie auf ihre Stühle zurück, lachen laut. Der Blonde sagt: ›Schrei nur, schrei, du schadest nur dir selbst, wir haben dir noch nichts getan und auch nichts den Fräuleins, den Judenmädchen, doch mach uns nur wütend, umso besser. Bring nun den Wein, den besten, hörst du!‹

Julia ist ganz weiß geworden, mein süßer Engel, ihre Arme erheben sich über alle, sie betteln: Bring ihnen, was sie verlangen, bring es ihnen schnell. Du machst ja alles nur noch schlimmer. Ich geh also ganz langsam hinaus, bin ganz still geworden, weiß, dass ich dumm war, dumm, nur meinen eigenen Kindern schade.

Ich bring ihnen nun Wein, so viel ich tragen kann. Als ich wieder eintrete, sehe ich, dass Anna zusammengeschrocken ist und mit schuldbewussten Augen nach mir schaut.

Der Blonde neben ihr hat ein röteres Gesicht, er zieht sie in seinen Schoß, gießt ihr Wein ein: ›Trink und blick doch nicht immer wieder nach deiner Mutter.‹ Er beginnt sie zu küssen, schamlos, gemein. Sie erbebt, er gibt ihr wieder zu trinken, sie lacht zerbrochen. Ich kann es nicht weiter sehen, weiter hören, will zu ihnen hinlaufen, sie aus seinen Armen, von seinem Schoß reißen, aber sie lachten, lachten, ich möchte sie erschlagen, aber ich kann ja nichts tun, ich kann alles nur noch schlimmer machen.

Dann suche ich mit den Augen Julia. Der Dunkle, er ist schön, der Hund, reicht Julia das volle Glas. Sie schüttelt den Kopf, lächelnd: ›Ich habe noch nie getrunken, nie. Das darf ich nicht.‹

Der Dunkle lacht aus vollem Hals: ›Aber jetzt darfst du, ich erlaub es dir, du brauchst keine Angst mehr zu haben, vor nichts mehr. Siehst du, wie sie dasteht, deine Mutter, und nach dir schaut, aber nichts sagt, denn sie hat nichts mehr zu sagen, sie kann sich nicht mehr zwischen dich und das Leben stellen, du darfst glücklich sein, du darfst dich freuen. Sprich, sag, ist das Leben nicht schöner?‹ Julia lächelt und bekommt glänzende Augen.

Der Kerl darf so zu ihr sprechen, und ich kann nichts zu ihr sagen. Ich habe Angst, dass ich wieder in Wut gerate, besinnungslos werde und nicht mehr weiß, was ich tue. Ich sage also nichts, starre weiter zu ihnen hin, bewege mich nicht von meinem Platz. Will nicht um die

Welt nur einen Schritt weichen. Solange ich da bin, kann das Schlimmste nicht geschehen. Da steh ich nun in einer Ecke.

Julia öffnet weit die Augen. Blickt den Dunklen entsetzt, aber auch irgendwie beseligt an. Ihr Gesicht wird fremd. Hätte es sich nicht vor meinen Augen verändert, würde ich es nicht wiedererkennen.

Der Dunkle beugt sich zu ihr, flüstert ihr ins Ohr. Er drängt sich näher an sie heran. Und da geschieht das Unbegreifliche. Sie schmiegt sich selbstvergessen an ihn.

Und Anna, wie sieht sie aus. Ihre Haare sind aufgelöst. Auf den Wangen rote Flecken. Sie steht neben dem Blonden, küsst ihn und lässt sich küssen, kreischt, keucht. – Sie war besinnungslos betrunken.

Dieser Hund hat mein Kind mit Alkohol vergiftet. – ›Anna‹, schreie ich, ›Anna, erwache.‹ Ich will mich auf sie werfen, sie aufrütteln, aber sie springt lachend wie eine Wahnsinnige weiter. Ihre Haare fliegen wild um sie. Und der Blonde, er gibt ihr wieder zu trinken. Halb nackt dreht sie sich im Zimmer herum, lacht höhnisch, als ich händeringend ihr nachlaufe.

›Lass mich‹, kreischt sie nur immer wieder, ›ich will nicht mehr Euer weißes Engelchen sein. Ich will leben, genießen. Ich hasse dich, du hast mich immer niedergedrückt. Ich war eine Gefangene. Befiehl mir jetzt, versuche es, mir jetzt zu befehlen. Wie habe ich leben müssen. In diesem Dorf musste ich verfaulen. Warten sollte ich, bis Ihr für mich einen hässlichen Juden findet, mit dem Ihr gute Geschäfte machen könnt.‹ – Wie sie lachte. Ich konnte dieses Lachen nicht hören. Ich hielt mir die Ohren zu.

Julia stützte den Kopf zwischen die Hände, als fürchtete sie, ihn zu verlieren, als gehörte er nicht mehr zu ihr. – Sie hält ihn wie etwas Fremdes. Und auch ihre Hände sind fremd. Sie werden plötzlich länger, älter. Der Dunkle mit den funkelnden Augen kommt immer näher zu ihr. Seine Wangen berühren schon ihre weichen Haare. Und er flüstert ihr in die Ohren: ›Julia, hast du nicht schon geträumt, dass einmal alles ganz genauso sein wird wie heute. Das Leben ändert plötzlich sein Gesicht und kehrt dir ein wildes, unbekanntes Antlitz zu. Alles ist auf den Kopf gestellt. Alles aus den Fugen geraten. Dein behütetes, luftleeres Dasein fällt zusammen, ein Abgrund tut sich vor dir auf, und du kannst dich nicht halten, musst hinabstürzen. Da stehst du ganz wehrlos, ganz ausgeliefert einer fremden Macht. Du kannst dir nicht helfen, aber gerade das macht dich selig.‹

Julia schauert zusammen.

›Niemand kann dir helfen. Siehst du, da steht deine Mutter, da steht sie und kann nichts tun gegen mich. Du musst dich ins Dunkle hinabziehen lassen. Entkleide dich, Julia. Werde zum Tier, du weiße Jungfrau.‹

Und Julia wird blass und rot, bebt am ganzen Körper. Das Blut steigt dunkel in ihr Gesicht, verliert dann wieder jede Farbe, wird fahl bis an die Lippen.

Sie sieht auf mich, die ich dastehe, zusammengesunken an die Tür gelehnt, halb tot vor Scham.

Ich will fortlaufen und kann nicht, will wegschauen und kann nicht.

Wieder sehen meine Augen Anna, die sich ganz an den Blonden drängte.

Aber ich muss auf Julia blicken. Der Dunkle sieht sie immer noch unverwandt an, er lässt seinen Blick nicht von ihr. Saugt ihr jeden Willen aus. Dann ergreift er sie, zischt in ihr Ohr: ›Julia, das hast du alles schon einmal geträumt, nicht wahr, Julia.‹

Da schreit sie auf, ihr Gesicht wird schneeweiß. Sie schreit unartikuliert, lang gezogen. Ihre Hände fliegen über ihren Kopf, greifen in die Luft, scheinen Hilfe zu suchen, dann fallen sie zurück zu ihr. Und plötzlich reißt sie, wie im Fieber, die Kleider von sich ...

Dann fällt sie hin vor dem Dunklen, besinnungslos.«

Die dicke Frau verbarg ihr Gesicht in den Händen.

Das tierische Wiehern brach jetzt wieder aus dem einen Bündel. Die Dicke beugte sich nieder, flüsterte in singendem Ton: »Still, Anna, schlafe, Anna, schlafe.«

Dann ging sie zu dem anderen Bündel, streichelte es, sang, als wäre es ein Schlaflied: »Schlaf, Julia, schlaf.«

Sie setzte sich wieder, barg ihr Gesicht in den Händen und jammerte laut: »Deshalb hat man gelebt, deshalb hat man gearbeitet, gespart, Opfer gebracht. Um diesen Tag zu erleben. Ein Wunder ist es, dass dieser Tag je ein Ende nimmt, ein Wunder ist es, dass man noch lebt. Dass ich sie nicht beide getötet habe, als die betrunkenen Kerle fortgingen und ich allein blieb mit ihnen, als ich sie da liegen sah, lallend, trunken, nackt. Warum hab ich sie da nicht getötet? Sie und mich. Warum? Wohin soll ich sie schleppen? Was sollen wir anfangen mit diesen Erinnerungen?«

Die Dicke kauerte sich wieder zu den Bündeln, streichelte sie. »Man hat euch vergiftet, mit Alkohol benebelt, und ich habe euch selbst das Gift gebracht. Ihr könnt nichts dafür. Nur ich war feige. Ich hätte mich von ihnen töten lassen sollen. Ihr Armen, ihr seid unschuldig. Ihr müsst schlafen und vergessen, alles vergessen.«

Sara beugte sich weit vor. Sah nach der Dicken, nach den Mädchen, in den Bündeln verschnürt. Kalt waren ihre Gedanken: So seht ihr also aus, ihr weißen Täubchen, ihr wohlbehüteten Fräuleins. So schnell vergisst man also die feine Erziehung. Und was die dicke Mama für Wesen macht aus dieser Geschichte. Die armen Mädchen sind immer den Stärkeren ausgeliefert, aber um sie jammert niemand laut, wie um diese verwöhnten Dämchen. Und eine Magd könnte man nicht so leicht trunken machen.

Die Dicke sah jetzt auf, ihr Blick begegnete den kalten Augen Saras.

Sie sprang auf: »Du lachst. Lachst spöttisch. Du böses Frauenzimmer.«

Sie wollte sich auf Sara werfen.

»Wie sie lacht, die schlechte Person. Unser Unglück findet sie lächerlich.«

Jetzt mischte sich auch die Schwieger ein: »Lass sie, die Böse. Ich weiß aber genug von ihr. Nur gut, dass mein Heinrich bald nach Hause kommt.«

Die Dicke begann, die Bündel wieder auf ihren Karren zu laden.

Sara warf den Kopf zurück und begann nun wirklich laut zu lachen: »Nun, wenn Ihr wollt, dass ich lache, gut, dann werde ich lachen. Seht, wie ich lache.«

Sie war jetzt wieder allein in der Wirtsstube.

8.

Sara lachte noch lauter. Sie öffnete weit die Fenster. Riss die Tür auf.

»Wir haben keine Angst. Hereinspaziert. Nur herein. Ich fürchte mich vor nichts.«

Plötzlich aber wurde sie still. Die Schultern hoben sich erschrocken. Ein großer, langer Schatten warf sich auf den Fußboden. Andrejs Gestalt dunkelte auf vor ihren Augen.

Sie bebte zurück.

»Was suchst du hier?«

»Vielleicht dich, vielleicht auch nichts. Was geht es dich auch an. Ich kann tun, was ich will.«

Sein Kopf zuckte. Er sah starr in die Luft. Setzte sich. Er sah geistesabwesend aus.

In diesem Augenblick taumelten zwei fremde Bauern, sie waren Bewohner eines Nachbardorfes, durch die Tür. Schreiend und lachend riefen sie nach Bier.

Sie warfen Stühle um, setzten sich endlich umständlich an einen Tisch. Sie klopften, verlangten immer lauter etwas zu trinken. Sara kam, mit großen Krügen balancierend, rief lachend: »Hier, beklagt euch nicht.«

Die Bauern gossen sofort das Getränk herunter, der eine schrie: »Noch, noch, wir haben Durst. Du brauchst keine Angst zu haben, wir können schon alles bezahlen. Schau nur, schau.«

Er fischte aus der Tasche Ringe, Münzen, Ketten hervor. »Schau nur, schau. Wie das funkelt, glänzt.« Er ließ, hochwerfend, alles in der Hand erklingen, lachte heiser: »Schöne Musik, was.« Die Augen quollen hervor, an den Mundwinkeln erschien Speichel. Er suchte weiter in den Taschen, kramte Silbermünzen hervor, breitete alles auf dem Tisch vor sich aus.

Jetzt sprach auch der andere: »Hörst du, Schwager, wir wollen nun teilen.«

Aber der Bauer schob die Arme schützend vor seine Schätze, schrie: »Später, später, erst will ich mir alles genau ansehen. Dann teilen wir.«

Sara stand vor ihm mit vorgeschobenem Kopf, ihre Finger glitten neugierig über die Gegenstände.

»Von wo habt ihr das alles?«

Sie suchte die Augen des Bauern.

Der Bauer antwortete nicht, seine Hände wühlten weiter. Er hielt jedes Stück dicht vor die Augen, beroch es, ließ es gegen die Tischplatte klirren.

»Ja, hier gibt es Schätze. Da darf man schon trinken.«

Er lachte aufstoßend. »Das ganze Leben lang braucht man nichts weiter zu tun als saufen. Ein schönes Leben wird das.« Seine Finger glitten tastend, liebkosend über die Ketten und Münzen.

Der andere Bauer schob sich näher: »Lass mich doch auch sehen. Ich will es auch berühren. Was steckst du alles weg vor mir. Ich war doch auch dabei. Teilen wir.«

»Später, später. Ich will mir erst alles genau ansehen. Dann kannst du auch schauen, so viel du willst.«

Sara begann wieder zu fragen: »Ihr habt mir immer noch nicht erzählt, von wo ihr alles bekommen habt.«

»Wir haben's halt genommen. Früher hat's uns gehört, aber die Juden, die haben alles von uns gestohlen. Jetzt haben wir es wieder zurückgenommen.«

Der andere Bauer rückte den schützenden Arm von den Schätzen weg, drängte sich ganz nahe, seine Hand langte nach einer Silberkette. Dann wollte er einen Ring nehmen.

»Geh doch weg, was machst du da?«

Die beiden Bauern begannen sich zu balgen, warfen den Tisch mit den Biergläsern um, klirrend fielen die Münzen, die Ringe und Ketten auf den Boden, rollten in alle Richtungen.

»Lass mich, ich werde schon alles zusammensuchen, sonst teilen wir nicht. Haltet ihn doch. Der eine muss erst alles haben, sonst kann man nicht teilen.«

Sie liefen zu gleicher Zeit nach jedem Stück, aber der eine Bauer war immer flinker, geschickter. Er las alles auf. Er schleifte sich auf den Knien, kroch in alle Ecken, sprang auf, bückte sich wieder, war überall zuerst da. Er begann, alles zusammenzuzählen, suchte von Neuem, war endlich zufrieden. Wieder ließ er das Aufgesammelte in der Tasche verschwinden.

Der andere ärgerte sich, wollte in die Tasche langen.

»Warte doch. Du wirst schon deinen Teil bekommen. Du brauchst keine Angst zu haben, dass du zu kurz kommst.«

Andrej stand jetzt auf, näherte sich den Bauern.

»Wie habt ihr das bekommen? Wie habt ihr das gemacht?«

Seine halb geöffneten Augen blickten sie neugierig an.

»Wie? Man nimmt es, wo man's findet. Man geht dorthin, wo man weiß, es gibt etwas zu holen. Komm, setz dich. Wir wollen trinken. Du sollst mit uns halten.«

Die Gesichter verschwanden in den Biergläsern.

»Ja, so ist das Leben schön!«, rief der eine Bauer. Seine geröteten Augen schweiften umher. »Jetzt darf man allerlei tun, wozu man gerade

Lust hat. Der Graf hat sein Schloss zurückbekommen, und sein Land gehört uns auch nicht mehr. Aber wir dürfen jetzt zu den Juden. Wir können dort nehmen, was wir wollen. Jetzt ist es erlaubt. Weil die Juden an allem schuld sind, das haben uns viele gesagt. Wenn man tun kann, was man will, du, das ist schön.« Er glückste. »Da ist ein Jud in unserm Dorf, von dem jeder weiß, er hat viel Geld, ist sehr reich. Da geht man hin und holt es. Die Juden sind schlau, es ist nicht so leicht, zu ihnen zu kommen. Ihre Türen sind fest verschlossen. Macht nichts.«

Mit listigem Lächeln zeigte er auf seine Fäuste, auf die Armmuskeln. Auf die Stiefelabsätze. »Man muss nur Kraft haben. Dann stehst du drin in der Stube. Ganz still ist es da. Du könntest eine Nadel hinwerfen, du würdest sie hinfallen hören. So still ist es. Die Juden stehen da wie Wachsfiguren im Panoptikum in der Stadt.« Er trank einen Schluck. Stieß auf. Sprach dann weiter: »Ja, sie sehen aus wie Wachsfiguren, ganz gelb und leblos sind sie. Man hört sie gar nicht atmen. Keiner rührt sich. Du stehst schon da, eine Weile, aber noch immer sagt niemand ein Wort.

Da steht der alte Jude in der Mitte des Zimmers, hält die Nase in ein Buch gesteckt. Sicher hat er gebetet, aber sein Mund ist jetzt halb offen.

Die Jüdin kauert auf einem Stuhl, hält die Kinder bei der Hand. Eins sitzt auf ihrem Schoß, ein anderes hält sich an ihrem Rock fest. Aber alle sind sie versteinert. Bringen keinen Laut hervor.

Die Zeit vergeht, ich warte, aber niemand will mich ansehen, keiner spricht ein Wort; nun gut, man hat ja Geduld, aber schließlich ist man doch nicht hergekommen, sich immerzu dieses Familienbild anzusehen. Du kommst also näher. Man sagt sich, wenn du nur willst, werden sie schon sprechen. Ganz langsam schleppen einen die Füße vorwärts. Der Rücken macht einen runden Bogen, die Schultern haben sich vorwärts geschoben, so kommst du näher. Die Juden bewegen sich noch immer nicht. Die Hand hält man in der Tasche, man will ja nicht gleich mit den Fäusten kommen. Aber man weiß doch, man darf ja tun, was man will. Ewig kann man ja nicht warten, bis sie einen bemerken wollen.

Da beginnt man zu sprechen. Alles zittert sofort, am meisten die Kinder. Die Jüdin zieht sie näher an sich heran. Seht ihr, ihr bewegt euch doch. Nur der Jud tut so, als ob er nichts hörte, steht weiter vor seinem Pult. Nur die Augenwimpern zucken. Gut, gut so, bring mich nur noch mehr in Wut, dir wird's leidtun. Man macht noch einen Schritt, und da steht man auch schon ganz dicht vor dem Juden.

Er schrickt zusammen, aber hebt noch immer nicht die Augen. Gut, man muss also in sein Ohr trompeten: ›Jud, verstell dich nicht weiter, ich habe keine Zeit, länger zu warten, her mit deinen Schätzen, wo steckt dein Gold, schnell, mach schnell.‹

Der Jud beugt sich tiefer über sein Buch, immer tiefer, will noch immer nicht hören, auch ein Engel verliert die Geduld, das sag ich ihm auch, sag es ihm laut, damit er endlich hört: ›Auch ein Engel verliert die Geduld.‹ Das kann man aber hören, die Wände schallen nur so. Meine Ohren brausen, wie ich mich rufen höre. Na also, der ist doch auch nicht taub, das sag ich ihm auch: ›Jud, du bist doch nicht taub, antworte endlich, wohin hast du dein Gold versteckt?‹ Aber der Jud, der tut immer so, als ob wir gar nicht da wären. Ich sehe, wie sein Mund sich bewegt, ganz schnell, er stößt dabei pfeifend den Atem heraus, als ob er liefe, rannte und nicht weiter könnte und doch weiter müsste, sein Mund läuft und läuft, aber er gibt keinen Ton von sich, keine Silbe.

Gut, ich denke, gut, ich bin auch nicht so dumm, ich weiß, was der Jud jetzt tut, der betet, will sich Gott vom Himmel herunterholen, damit er ihm hilft. Ich denke mir, er soll Gott in Ruhe lassen, der will ja ohnehin mit den Juden nichts zu tun haben. Er soll ihn nicht weiter hören. Da lege ich meine Hand fest über seinen Mund, drücke ihn zusammen. Aber der Mund bewegt sich immer weiter, atmet nasswarm in meine Hand. Ich komme immer mehr in Wut, was der sich denkt, der Jud, will er meine Hand beschmutzen?

Da schlage ich ihm eins auf den Mund, gut und fest. Ich fühle seine Zähne. Er beginnt zu schreien, sein Mund zittert, die Zähne klappern. Die Jüdin hat auch angefangen zu stöhnen, gut. Der Jude flüstert was, gut, denk ich, du willst sprechen, sprich. Und ich nehme die Hand von seinem Mund. Er beginnt zu winseln, verrät aber nicht, wo sein Geld ist.

›Ich hab ja nichts‹, sagt er, ›du weißt es ja auch. Ich bin ein armer Teufel. Sieh dir doch meine Familie an. Zähl doch meine Kinder zusammen. Ich bin froh, wenn sie sich alle satt essen können. Das weißt du doch ja auch. Was ist nur so plötzlich in dich geraten, du warst doch immer so ein guter Mensch, und wie bist du wild geworden. Was willst du von mir, von so einem armen Mann?‹ Und so spricht er zu mir. So jammert er weiter. Seine Stimme zittert ekelhaft dünn. ›Du hältst mich für sehr dumm‹, sag ich ihm, ›aber ich bin nicht so dumm, hör jetzt auf mit dem Jammern.‹«

»Wir wollen jetzt nun teilen«, unterbrach ihn der andere Bauer. Seine Hand langte nach der Tasche des Sprechenden.

Dieser schüttelte die Hand ab, sagte beruhigend: »Warte doch, erst will ich weitererzählen.

›Also höre‹, ich sag ihm noch einmal ganz ruhig, ›gib alles her, dann geh ich, du hast es von uns genommen, der Dorfrichter hat es selbst gesagt, ich will's zurückhaben.‹

Aber er klammert sich an den Tisch, fällt fast über ihn und fängt wieder an zu jammern und zu winseln.

Mein Blut kocht, ich zittere schon vor Ungeduld. Mein Arm streckt sich vor, da berühren meine Finger seinen Hals. Er hat ganz dicke Adern und harte Knochen. Der Jude fängt an zu heulen, zu brüllen, aber die Finger sind fest. Meine Wut wird immer größer, da fühl ich auch etwas Angenehmes. Der Jud wird still, ganz still. Das ist gut, dass er immer stiller wird. Ich drücke ihn weiter, ich greife fester zu. Ich weiß ja, es ist erlaubt, ich darf's, ich fühle, wie er immer steifer wird. Ich lass ihn los. Da fällt er hin, ganz hart. Seine Augen werden immer größer, treten aus den Augenhöhlen, den Mund hat er auch weit offen gelassen, er hat hässliche gelbe Zähne, seine Zunge ist blau. Er sieht nicht schön aus, der Jud, wie er so daliegt.

Ich sehe jetzt auch die Frau und die Kinder. Sie starren ganz weiß mich an, die Jüdin schreit auf, wie nur eine Frau schreien kann, pfeifend, heulend, hoch. Ich möchte mir am liebsten die Ohren zuhalten. Das höre ich nicht gern, wie die Jüdin brüllt, aber dann denke ich mir, das ist mir ganz gleich, sie soll nur meinetwegen schreien. Die Frau will sich auf den Juden werfen, aber die Kinder lassen sie nicht los, sie beginnen auch zu schreien. Ich sage ihr, sie soll machen, dass die Kinder aufhören, ich höre solches Gebrüll nicht gern. Da verzieht sie ihr Gesicht, verzieht es ganz unglaublich, so was Komisches habe ich noch nicht gesehen, ich muss lachen, so ein Gesicht habe ich mein Leben lang nicht gesehen.

Ich sage ihr: ›Her mit dem Geld‹, aber sie bewegt sich nicht.

Ich schau auf den Tisch, und es fällt mir ein, wie der Jud sich an ihn geklammert hat. Wie er von ihm nicht wegging. Ich geh schon langsam hin, die Lade ist verschlossen, tut nichts, sie wird erbrochen.

Alle sind so schön ruhig. Ich muss dazwischen lachen, weil das, was geschieht, so ungewohnt ist, so ganz komisch. Ich zieh also die Lade heraus, ich muss noch mehr lachen, denn da glitzert und schimmert es. Ich hatte es doch richtig erraten, wo die Schätze verborgen sind. Ja, ich bin schlau. Nicht so dumm, wie der Jude geglaubt hat. Ja, der hätte mich gern zum Narren gemacht. Ich nehme alles heraus, besehe mir jedes Stück einzeln im Licht und stecke schön alles in die Tasche.«

»Jetzt aber teilen wir«, sagte wieder der andere Bauer.

Sara kam immer näher. Beugte sich weit vor. Um ihre Lippen spielte ein fremdes, grausames Lächeln. Sie sah unbeweglich auf den Mund des Bauern, blickte dann aufmerksam hinüber zu Andrej. Sie konnte aber sein Gesicht nicht sehen. Er stützte seinen Kopf in die Hände. Man konnte gar nicht wissen, ob er überhaupt den Bauern gehört hatte.

»Teilen wir«, rief jetzt der andere Bauer.

»Warte doch, ich habe dir schon einmal gesagt, erst will ich fertig erzählen. Du aber unterbrichst mich immer wieder.

Wie schon alles in meiner Tasche ist, hört ihr mich, erblicke ich wieder das Gesicht des Juden. Wie der mich ansieht. Sein Kinn ist auf die Brust gefallen, seine Augen sind weit hervorgequollen, man sieht nur das schmutzige Weiß. Aber da ist noch etwas ganz Neues auf dem Gesicht. Von der Nasenwurzel bis zu den Mundwinkeln laufen zwei dicke Falten, die waren früher nicht da. Ich merke, der Jude lacht mich aus. Mit den zwei Falten im Gesicht lacht er mich aus.

Ich denk mir, der hat dich sicher betrogen, er hat das Wertvollste, Gold, noch anderswo versteckt. Gut, ich bin nicht so dumm. Du wirst nicht lange lachen, wir werden schon alles finden.«

»Von mir sprichst du ja gar nicht«, sagte der andere Bauer. »Du tust ja so, als ob ich gar nichts geholfen hätte ...«

»Ich hab doch eben gesagt, dass wir weitersuchen. Du und ich. Ich sag dem Schwager«, er zeigte jetzt auf den anderen Bauern, »wir müssen weitersuchen. Schau, der Jud lacht uns nur aus. Was? Du hast es auch gesehen, Schwager, der Jud hat uns ausgelacht. Wir öffnen nun alle Schränke und die Schubladen, aber da sind nur alte Kleider, lauter dummer Kram, wir suchen und suchen, aber wir finden nichts weiter. Alles liegt schon draußen, zerstreut auf dem Boden, aber der Jud lacht weiter.

Die Jüdin aber und die Kinder, sie schreien ohrenzerreißend. Das ärgert mich, ich hab ihnen doch nichts getan, warum brüllen sie. Ich sag ihnen, sie sollen aufhören, aber da schreien sie noch immer lauter. Schreien, als ob man sie auf einen Spieß gespickt hätte. Der Jud aber auf dem Boden, der lacht.

Wart nur, denk ich. Du sollst nicht länger lachen. Wir wollen sehen, ob die Falten nicht wegkommen. Ich schlag eins auf das Gesicht eines Kindes, auf so ein warmes, weiches, nasses Gesicht. Es brüllt noch lauter. Ich seh nach dem Jud, der lacht nur, sein Mund ist wie eine schwarze Höhle. ›Gut‹, sag ich, ›gut, warte du nur, warte.‹ Und ich schlage auch die anderen Kinder und die Jüdin, und wie die schreien können, so etwas hat man noch nicht gehört. Der Schwager«, er zeigte auf den anderen Bauern, »der sucht weiter, durchsucht die Betten, geht in die Küche, aber da ist nichts weiter zu holen. Der Jud, der grinst noch immer, grinst fürchterlich. Der wollt nicht weiter bleiben«, er stieß den anderen Bauern an.

»Ich wär noch gern geblieben, aber allein wollt ich nicht. Wie wir aus der Tür treten, schreit und brüllt noch alles hinter unseren Rücken. Ich seh mich um. Der Jud, der grinst.«

Er packte den anderen Bauern bei den Schultern: »Warum nur hat der Jud uns ausgelacht, weißt du's vielleicht?« Seine Stirn legte sich grübelnd in Falten, der Mund verzog sich, die Augen traten hervor. Der andere Bauer sprang auf, näherte ihm sein Gesicht, starrte ihn reglos an, begann dann zu schreien: »Wie siehst du aus? Du siehst ja aus wie der Jud, ganz so siehst du aus!« Er schlug sich auf den Schenkel, sprang hoch, bog den Oberkörper zurück: »So was, da kann man sich ja totlachen. Du siehst ja genau aus wie der Jud, habt ihr nicht eure Gesichter vertauscht?«

Sara wich einige Schritte zurück, sah starr nach dem Bauern. Der hatte wirklich plötzlich ein anderes Gesicht bekommen. Sah aus wie jemand, der gewürgt wird, hatte eine bläulich-graue Farbe, sein Mund öffnete sich weit, die Zunge drehte sich lallend.

»Du lügst, du lügst, du willst mich uzen.«

Er sprang auf, sein Glas fiel um. Er kam auf Andrej zu, schüttelte ihn: »Wie seh ich aus? Sprich doch, seh ich aus wie der Jud, antworte mir!«

Andrej löste seine Hände von den Schultern, schob ihn weiter: »Lass mich in Ruh, ich kenn doch gar nicht den Juden, was weiß ich, wie du aussiehst.«

Der Bauer ließ ihn stehen, lief dem anderen nach, der weitersprang, sich immerfort nach ihm umdrehte, laut lachend schrie: »Seht ihn doch, bei Gott, er hat sein Gesicht mit dem Juden vertauscht!«

Der Bauer wollte ihn packen, aber der lief weiter; er vergaß ihn, blieb unschlüssig stehen, mit weit geöffneten Augen.

Er begann zu lallen: »Ich will mein Gesicht sehen! Wo habt ihr hier einen Spiegel?«

Sara wich ihm aus.

Er lief dann schnell zum Fenster, versuchte sich in der Glasscheibe zu spiegeln.

Der andere rief hinter ihm: »Ja, der alte Jud! So sah er aus! Gerade so! Nicht anders!« Er wieherte immer lauter.

Der Bauer lief ihm nach, wollte ihn fangen, schrie: »Du lügst, du lügst! Es ist nicht wahr! Du willst mir nur Angst machen. Ich seh nicht aus wie der Jud!«

Sara folgte den beiden mit aufgeschreckten Augen.

Der Bauer sah furchtbar aus. Sein Gesicht veränderte sich von Minute zu Minute. Er sah wirklich aus wie ein Mensch, der Todesqualen erleidet, mit den rot geäderten, hervorstehenden Augen, dem zerknüllten, verwühlten Gesicht, dem lallenden, bläulichen Mund, den tatternden Händen, den blind tappenden Füßen.

Er rannte wieder zum Fenster, aber er fand sich nicht darin. Er warf sich dagegen, die zitternde Faust zerschlug das Glas.

Seine Hand fiel blutig zu ihm zurück. Er begann zu greinen: »Sie tut weh, meine Hand.«

Er lief wieder dem anderen nach, er rutschte aus, fiel hin, blieb mit ausgestreckten Gliedern liegen, brüllte weiter: »Du lügst, du lügst. Das ist nicht wahr, was du sagst.«

Der andere näherte sich grölend, zog ihn hoch, legte die Hand auf seine Tasche: »Komm, jetzt teilen wir.«

Der Bauer sah blöde vor sich hin, wiederholte immerfort: »Du lügst, du lügst.« Und als der andere wieder in seine Tasche langen wollte: »Lass mich, du Teufel. Ich will jetzt nichts anrühren.« In seiner Tasche klirrte es. »Ich will mein Gesicht sehen.«

Er rannte wieder gegen das Fenster, kletterte hoch, wollte in der obersten Scheibe sich sehen. Auf dem Fensterbrett stellte er sich auf die Zehenspitzen, verlor sein Gleichgewicht, fiel hinaus auf die Gasse.

Er stand schwerfällig auf, begann hineinzuschreien: »Zeigt mir mein Gesicht«, lief dann hinkend weiter.

Der andere sprang ihm kreischend nach, verfolgte ihn.

Man hörte sie laufen, schreien, zanken. »Wir wollen teilen.« – »Ich will mein Gesicht sehen.«

Dann entfernten sich die Stimmen, drangen nur noch von fern herein.

Man hörte das Krächzen.

Andrej beugte sich aus dem Fenster. Sah ihnen nach, solange er sie mit den Augen verfolgen konnte. Sein Mund bewegte sich. Er murmelte vor sich hin: »Jetzt darf man ja wieder rauben und morden, ganz wie im Krieg. Da seh einer an.«

Sara näherte sich ihm, riss ihn vom Fenster. Ihr Kopf schob sich näher zu dem seinen, ihre Haare streiften seine Wange, ihr Atem wehte ihn an.

Seine Arme griffen nach ihr. Sie hielt seine Hand fest. Zog ihn fort, hinein, in die Mitte der Stube.

»Komm, bleib nicht dort stehen. Es brauchen dich nicht alle Menschen hier zu sehen.«

Dann umfing sie ihn. Drängte sich ganz nahe an ihn. Flüsterte. »Hörst du mich?«

Er nickte. Von der unerwarteten Nähe der Frau war das Blut in seinen Kopf gestiegen. Zitternd suchte seine Hand ihre Brust.

Sie hauchte leise, kaum vernehmbar: »Weißt du, was ich von dir erwarte? Was du für mich tun sollst?«

Er hob den Kopf, verstand nicht.

Sie zischte mit dünnen Lippen, kalten Augen: »Du hast es selbst gesagt. Es ist jetzt wieder wie im Krieg. Man darf morden und rauben. Es ist erlaubt. Alles ist erlaubt.« Hart warf sie jedes Wort in die Luft. Füllte mit ihnen das Zimmer, hämmerte sie in Andrejs Kopf.

Ihr Atem ging schneller, zügellos blinkten die Augen. Jetzt wusste sie endlich, was sie seit Langem schon gewünscht hatte: »Hörst du?«, schrie sie in Andrejs Ohr.

Andrej packte sie wieder. Seine Arme umklammerten sie. Aber Sara schob ihn mit harten Fäusten von sich.

Sie ging zu der Tür, lauschte. Alles blieb still.

Wieder kehrte sie zu Andrej zurück, legte schmeichelnd ihre Hand auf seinen Rücken, suchte seine Augen, atmete heiß in sein Ohr: »Höre du, töte sie.«

Dann wich sie einen Schritt zurück. Prüfte gespannt den Gesichtsausdruck Andrejs.

Er zog die Stirn in Falten, seine Augen wichen dem Blick Saras aus, wanderten unsicher herum, seine langen Finger griffen mit schnellen Bewegungen in die Luft, sein Kopf schob sich vor, wandte sich an Sara: »Was soll ich tun? Ich versteh nicht.«

Er kniff die Augen zusammen. Er lachte blöde, zerhackt: »Was soll ich tun. Ich soll sie töten? Wen?«

Er schien nachzudenken. Dann lachte er wieder. Sein Gesicht hellte sich plötzlich auf: »Du meinst, ich soll sie töten, ihnen die Schätze wegnehmen?« Seine Augen richteten sich fragend auf Saras Gesicht.

Ihre Nüstern blähten sich, die Augenbrauen zogen sich dunkel zusammen. Um den Mund lagen Schatten. Die Mundwinkel zogen sich voll Verachtung herab. Sie stieß kurz hervor: »Du Blödian, du bist noch dümmer, als ich dachte.«

Andrej zuckte zusammen, kam ihr ganz nahe: »Sage doch, was du willst. Warum sagst du es nicht klar?«

Sie sah sich wieder nach allen Seiten um. Ihr Kopf drehte sich lauschend. Sie schwang den Arm weit vor, zeigte gegen die Zimmertür, die nach dem Schlafraum der Schwiegereltern führte, blieb so, sah dabei unverwandt Andrej an. So blieb ihr Arm in der Luft hängen. Andrej starrte hin. Sein Mund blieb halb offen. Endlich glitt Verstehen über sein Gesicht.

Da richtete sich auch sein Arm gegen die Tür. Seine Stimme schwankte. »Ach, jetzt weiß ich. Die, du meinst die.«

Sara legte ihre Hand schnell über seinen Mund. Ihre Brust streifte ihn.

»Still, sei doch still, sei doch nicht so dumm.« Sie lauschte wieder, aber angestrengt. Aber niemand war in der Nähe.

Sie flüsterte: »Hast du endlich begriffen. Hörst. Jetzt darf man alles. Jetzt ist alles erlaubt.«

Sie wisperte kaum hörbar. Atmete in Andrejs Ohr: »Du kommst heute Nacht, verstehst du, klopfst leise. Ich werde dir öffnen. Du bringst eine Axt mit, eine starke, feste Axt, hast du verstanden. Dann wirst du etwas sagen und ich um Hilfe rufen. Ich rufe, bis sie beide kommen, der Schwieger und die Schwieger. Hörst du mich auch.«

Ihre Pupillen öffneten sich weit. Dunkel glänzten ihre Augen. Sie lauschte. Sie stand so nahe bei Andrej, dass sie mit ihm verwachsen schien: »Dann verstellst du ihnen den Weg. Hast du gehört? Und dann schlägst du zu. Gegen ihre Köpfe. Schlägst feste zu. Du bist ja stark.« Ihre Hand glitt prüfend über seine Armmuskeln.

»Hörst du. Du schlägst fest zu, fest zu. Dann ist alles fertig. Dann gehört alles dir, alles. Und dann bin ich allein. Ganz allein mit dir, Andrej.«

Andrej stand vor ihr mit offenem Mund und lauschte andächtig auf jedes Wort. »Dann bin ich allein mit dir, Sara?«

»Ja, Andrej. Und du wirst reich sein. Der Schwieger ist sehr reich. Aber niemand weiß es im Dorf. Er hat Truhen voll Goldstücke. Oft zählt er in der Nacht, dann singt das Gold im ganzen Haus bis zum Morgendämmern. Ja, du weißt nicht, wie reich sie sind, die Schwieger. Und der Keller ist voll bestem Wein, und in der Speisekammer sind die besten Bissen aufgehäuft. Und alles wird dann dir gehören, Andrej.«

Er lachte kindisch vor sich hin: »Und dann, Sara?«

»Wie du reich sein wirst. Im Schrank die viele Wäsche. Sie gehört dir. Das feinste Linnen. Ich hab es selbst gewebt in den Wintertagen, weich und weiß. Die schönsten Hemden werde ich dir davon nähen. Ich selbst.« Ihre Augen lagen funkelnd in den seinen.

»Du wirst schön sein, Andrej, niemand wird dich mehr auslachen. Die Frauen werden dich lieben, Andrej.«

Er keuchte. Seine Stimme kam glucksend: »Aber du nimmst mich in dein Bett, gleich«, seine Hände rutschten in ihre Bluse, glitten ihren glatten Rücken entlang. »Gleich danach nimmst du mich.«

Sein heißer Atem überfiel ihren Nacken, sein Mund warf sich über das warme Fleisch.

Sara entzog sich ihm nicht. Hielt sich gerade und still. Sie spreizte die Hände weit ab von ihrem Leib. Ihre Lippen krümmten sich geekelt.

Sie wandte das Gesicht nicht zu ihm hin, als sie flüsterte: »Ja, Andrej, ja.«

Sie riss sich dann weg von ihm, wandte ihm ihr hartes, kaltes Antlitz zu: »Jetzt aber geh! Man könnte uns sehen. Und vergiss nicht, heute Nacht. Vergiss nicht.«

9.

Sara träumte schwer. Sie wollte gar nicht einschlafen. Sie wollte auf Andrej warten. Auf sein Klopfen warten. Aber alles blieb still, das Dorf in Dunkelheit gehüllt.

Doch die Dunkelheit wurde immer schwerer, lastender. Angst wachte in ihr auf. Angst bemächtigte sich ihres Körpers. Die Angst kroch über ihre Beine, ihren Leib, ihre Brüste hoch, sie wollte sie vertreiben, aber sie blieb weiter da, nistete sich ein in ihren Kopf, hinter die Augen, sie lauerte in den Ohrmuscheln, sie kroch eisig unter die Haut und lähmte sie.

Sie wollte aufstehen, sich retten. Endlich gelang es ihr, sich zu dem Fenster zu schleppen. Aber es schien ihr eine Ewigkeit, bis es ihren zitternden Händen gelang, es zu öffnen.

Wie schrecklich, wie undurchdringlich war die Dunkelheit. Sie war wie in den Märchen, im Lande der Bösen, wo die Dunkelheit so dicht war, dass Gegenstände in ihr hängen blieben.

In diese tiefe, klebrige Dunkelheit hinein begann sie um Hilfe zu schreien. Erst mit erstickter Stimme, aber sie wuchs und verbreitete sich mit solcher Schnelligkeit, dass Sara den Gedanken bekam, dass man sie in der ganzen Welt hören konnte.

Langsam öffneten sich auch alle Fenster. In allen Fenstern erschienen viele Gestalten. Sara konnte jedes Gesicht genau erkennen, obgleich sich die Dunkelheit gar nicht verändert hatte.

Die Gesichter, von bösen Leidenschaften verzerrt, gleichgültig oder stumpf, erfüllten sie mit noch größerem Grauen. Sie wusste, sie schrie vergeblich um Hilfe, und doch hörte sie sich rufen: »Hilfe, Hilfe!«

In diesem Augenblick schreckte sie auf. Unten klopfte es. Das war Wirklichkeit. Das war Andrej. Andrej stand unten mit dem Beil. Sie musste hinunter und öffnen.

Neben ihrem Bett stand die Kerze und lagen die Streichhölzer. Sie machte Licht. Groß tanzte ihr Schatten in der Stube.

Sie hörte den ruhigen Atem des Kindes. Aber jetzt musste sie hinunter. Sie durfte nicht zögern.

Warum wollten die Füße sich nicht vorwärts schieben? Noch nie schien ihr die Treppe so hoch, so endlos. Endlich stand sie bei der Tür. Sie hielt den Atem zurück. Vielleicht ging Andrej fort. Vielleicht stand er gar nicht mehr draußen. Vielleicht hatte sie auch das Klopfen nur geträumt.

Sie stieß die Tür auf. Im Türrahmen stand Andrej. Er sah geistesabwesend aus. Er hatte die Axt in der Hand. Als müsste er sie fürchten, hielt er sie weit ab vom Leib.

Er schrak zusammen, als Sara die Tür geöffnet hatte. Er hatte sie vielleicht gar nicht mehr erwartet. Er schrak auf, wie ein Traumwandler, den man ins Leben zurückruft.

Es dämmerte schon. Die Sterne waren erloschen. Aus dem flammenden Sonnenfeuer entstieg hellgrün der morgendliche Himmel. Die Umrisse der Häuser und Bäume waren zu erkennen.

»Du bist so spät gekommen«, flüsterte Sara und zog Andrej in die Wirtsstube.

Andrej setzte sich gleich. Noch immer hielt er die Axt weit von sich. Er ließ sie aber nicht aus der Hand.

Sara wusste, dass sie jetzt um Hilfe schreien wollte, den Schwieger herbeirufen, die Schwieger in die Falle locken. Sie wusste, heute wollte sie ein Ende machen ihrer Qual.

Aber kein Ton verließ ihre Kehle. Ihre Stimme war wie eingefroren. Sie konnte nicht rufen.

Sie setzte sich neben Andrej. Sie sprachen nicht. Sie saßen da, bewegungslos.

Sie hörten die Hähne krähen.

Langsam, schwerfällig holpernd, fuhr der erste Wagen vorbei. Gleichmäßig schlugen die Pferdehufe den Takt.

Endlich gelang es Sara, zu sprechen. Sie wisperte: »Du bist zu spät gekommen, Andrej.«

Draußen fuhren immer neue Wagen vorbei. Man hörte das Gebrüll des Viehs. Man hörte schon das Gesumm der Menschenstimmen wie im Chor.

Doch etwas schien vorgefallen zu sein. Das Stimmengewirr wuchs. Das Auftrampeln von vielen Stiefeln erfüllte lärmend den Raum. Als der Lärm draußen seinen Höhepunkt erreicht hatte, wurde die Tür ganz unerwartet aufgerissen.

Wie auf eine Erscheinung sah Sara auf die Gestalt, die vor ihr stand. Heinrich war da.

Hier saß sie neben Andrej am Tisch und konnte sich nicht rühren. Die reißenden Schmerzen in ihrem Körper wachten plötzlich auf. Es war, als wären sie sich sofort bewusst geworden, dass Sara die Herrschaft über sie verloren hatte, und als wollten sie sie nun aus Rache doppelt peinigen.

Andrej sah Heinrich gar nicht. Wie zu Stein erstarrt, blickte er vor sich hin. Die Axt hielt er immer noch krampfhaft in der Hand. Aber Heinrich kam auf sie zu, als wäre es nicht merkwürdig, dass sie beide, Sara und Andrej, hier saßen, als wäre es das Natürlichste der Welt, mit einem Beil dazusitzen, so wie eben Andrej dasaß.

Es war auch überraschend, dass Heinrich sich kaum verändert hatte, obgleich auch er vollkommen abgerissen war wie die anderen Heimkehrer, aber sein Gesicht war rasiert, seine Bewegungen waren flink. Die Gefangenschaft hatte ihn nicht zermürbt, er schien lebhaft und tätig. Er eilte mit ausgestreckten Händen auf Sara zu, als wären sie beide nicht durch eine endlose Reihe von Jahren, fern voneinander, durch Qualen und Schmutz gewandert. Er umarmte sie. Dann ging er zu Andrej und rüttelte an seiner Schulter. Die Axt fiel mit großem Lärm auf die Erde. Andrej zitterte ein wenig. Er sah sich um, als wäre er aus einem Traum erwacht.

»Komm, Andrej, hilf«, hörte er Heinrich sagen. Er wurde von ihm zur Tür gezogen.

Draußen wuchs der Lärm immer mehr. Die Wirtshaustür wurde weit aufgerissen, und man sah die Dörfler in einem Knäuel um eine primitiv zusammengefügte Bahre geschart.

Vom Wasser und den Fischen entstellt, mit allen schaurigen Merkmalen des Todes gekennzeichnet, lag Mattheus auf der Bahre. In seinem Bart und Haupthaar hatten sich Schlamm und Wassermoos eingenistet, nass und zerzaust lagen sie um das grünlich schimmernde Gesicht. Es lag offen in der Sonne, denn alle wollten es sehen, und man hatte das Tuch, das es bedeckt hatte, weggerissen.

Einige Bauern, die gerade aufs Feld gingen, hatten den Leichnam entdeckt, und auf das Gerücht eilten die Leute herbei. Alle, die vor zwei Tagen an dem Fest teilgenommen hatten, wollten ihn sehen. Es war keine Neugierde, es war mehr eine selbstquälerische Sucht, mit eigenen Augen zu sehen, was sie in ihrer grausamen Dummheit angerichtet hatten.

Der Zank ging aber um Folgendes: Auch der Großbauer und sein Anhang waren auf die Nachricht erschienen, und sie wollten nun die Leiche in das Haus des Großbauern schaffen. Das gerade wollten die anderen nicht zulassen. Unterwegs hatten sie Heinrich getroffen, der schon in der Nacht aus der Stadt aufgebrochen war, um nach Hause zu eilen. Laut zankten sie sich um den toten Mattheus, der jetzt vor der Tür des Wirtshauses lag. »Ihr seid die Mörder«, riefen sich immer die feindlichen Gruppen zu. Am allertollsten trieb es der Großbauer. Lamentierend trauerte er um den Toten. Er wollte ihn den Bauern entreißen. »Wenn er auch der größte Verbrecher gewesen wäre, mein Bruder blieb er. Ihr, die Mörder, möchtet ihn nicht einmal im Tod ruhen lassen. Geht, ihr habt hier nichts bei ihm zu suchen. Die Leiche kommt zu mir. Ich werde meinen Bruder begraben, werde ihn nicht den Mördern ausliefern. Die Gendarmerie ist in der Nähe, vergesst es nicht, wir werden sehen, wer recht bekommt, ich, der leibhaftige Bruder, oder ihr, die wilde Horde.«

Es wurde still. Die Bauern wussten, dass er ihnen leicht die Polizei auf den Hals hetzen konnte, und sie wussten selbst nicht klar, warum sie sich sträubten, dem Großbauern den Leichnam Mattheus' auszuliefern, warum sie ihn selbst mit allen Ehren begraben wollten.

Die Witwen-Anna hatte sich vor den Großbauern gedrängt. Groß, mager, mit stechenden Augen, fuchtelnden Händen stand sie vor ihm. Laut, alles übertönend, gellte ihre Stimme: »Sag mal, was will dir der Graf für die Leiche Mattheus' zahlen?«

Der Großbauer packte sie am Arm: »Unverschämtes Weibsbild! Gäbe ich dir die Antwort, die du verdienst, könntest du dein großes Maul nie wieder aufreißen.«

Aber die Stimme Witwen-Annas wurde nur noch lauter: »Hört ihr, Leute, wisst ihr, wer alle Trinkgelage, wer das große Festmahl für alle Dorfbewohner bezahlt hat? Glaubt ihr, dieser Geizhals? Nein, der Graf war es. Und für jedes Schnäpschen, für jedes Glas Wein hat er eine Extrabelohnung bekommen, Geld, das er in seine eigene Tasche stecken konnte. Ja, für jedes Glas, mit dem er euch verdummt hat, euch benebelt hat. Fragt ihn, wie viel er bekommen hat für den Mord an Mattheus. Ja, die Bauern sind dumm, aber doch nicht so dumm, wie du meinst. Man hat dich in der Stadt gesehen, in der Bank des Grafen. Man hat es herausgefunden, wie groß die Belohnung ist. Aber du hast sie verdient, du hast sie ehrlich verdient. Der Graf hat sein Land zurückbekommen, und sein Schloss ist wieder sein, die Bauern haben wieder zu kuschen. Und du, du bist auch nicht ärmer geworden. Komm, wein uns was vor. Wir möchten deine Tränen sehen, Großbauer. Komm, spiel noch ein bisschen Theater.«

Feindlich umringten ihn die Bauern. Er und seine Anhänger begannen, sich aus der bedrohlichen Lage zurückzuziehen. Erst als sie sich schon aus dem Haufen herausgeschlängelt hatten, begann der Großbauer zu schreien: »Auspeitschen lasse ich euch alle. Die Prügelstrafe wird wieder eingeführt. Gut für euch. Und wenn sie dich auspeitschen, Witwen-Anna, dann will ich aber dabeisein und sehen, ob deine Zunge so giftig bleibt.«

Die Bauern blieben da, stumm, mit dunklen Gesichtern, als begriffen sie erst langsam, was mit ihnen geschehen war, was sie verloren haben. Wie leicht sie sich verraten ließen.

»Sag, Heinrich, du kommst von so weit«, sprach der alte Hirte. »Ist die Welt überall so wahnsinnig wie hier in unserem Dorf. Ist überall die Welt so durcheinandergeschüttelt, dass die alten Augen sie gar nicht mehr erkennen können?«

»Ja, Alter, so ist es«, sagte Heinrich, und alle hörten ihm aufmerksam zu, denn er kam von fern. »Das Sterben einer alten Welt ist nicht leicht und die Geburt der neuen noch schwerer. Ihr möchtet gern danebenstehen und leben, so gut ihr könnt. Aber das gerade ist unmöglich. Denn die alte Welt seid ihr ja selbst und auch die neue. Andere haben für euch gekämpft, und alles, das ganze Land, fiel euch in den Schoß. Deshalb habt ihr dieses große Geschenk nicht wertgehalten, und man konnte es euch wegnehmen, wie ein Erwachsener einem Kind ein Spielzeug wegnimmt.«

Sara stand neben Heinrich. Jetzt war er da, und sie konnte nicht mit ihm sprechen. Aber sie musste mit ihm reden, bevor die Schwiegereltern kamen. Schliefen die noch? Hörten sie nichts? Sie zog ihn am Ärmel.

Da war aber ein Bauer zu ihnen getreten, derselbe, der gestern hier getrunken hatte und mit Münzen und Spangen herumwarf, die er geraubt hatte.

Immer noch war sein Gesicht verzerrt, seine Augen von Schlaflosigkeit gerötet. Man sah seinen Kleidern an, dass er irgendwo in einem Graben geschlafen hatte.

Seine Hand hielt er in der Tasche, während er sprach. Leise und zögernd kam jedes Wort aus ihm, als kostete es ihm Anstrengung, sich mitzuteilen.

»Du kennst doch, Heinrich, die Judenfrau aus dem Nachbardorf, die so viele Kinder hat. Ich möchte, dass du zu ihr hingehst und ihr das gibst.«

Er holte aus seiner Tasche einige Münzen und Ringe und eine Silberkette.

»Es fehlen ein paar Münzen, weil ich getrunken habe, gestern hab ich viel getrunken, weil alles erlaubt war, weißt du. Du gibst ihr das zurück, der Jüdin, vergiss es nicht. Man hat uns dumm gemacht, das merk ich jetzt auch. Wir hatten einen großen Goldklumpen in der Hand, da haben sie uns eine Kupfermünze gezeigt. Wir haben den Goldklumpen stehen gelassen und sind der Kupfermünze nachgejagt. Jetzt sind die Taschen leer. Hab nichts. Sieh dir mein Gesicht gut an. Seh ich aus wie der alte Jud? Nein, das ist nur eine Lüge vom Schwager. Aber du hast ihn gar nicht gesehen, den Juden, wie er gegrinst hat. Ja, vergiss nicht, alles der Jüdin zu geben.«

Sara zog Heinrich von dem Bauern fort.

»Jetzt will ich sprechen. Warum hast du alle die Fremden hergebracht? Was geht uns das an, was sie alles tun und sprechen. Deine Mutter wird bös über mich reden, aber hör nicht auf sie. Du wirst nichts verstehen, weil du so weit fort warst. Ich weiß nicht, wie ich dir alles sagen könnte.«

»Glaubst du denn wirklich, Sara, dass ich dich nicht verstehen könnte? Begreifst du denn immer noch nicht, dass du nicht ein von den anderen abgeschlossenes Einzelwesen bist? Begreifst du denn nicht, dass die anderen keine Fremden sind? Dass dein Schicksal mit dem ihren zusammenhängt? Du willst das, was um dich geschieht, gar nicht sehen. Du meinst, es geht dich nichts an. Nur dein eigener Schmerz, dein eigenes Leid gehen dich an. Dein Leid ist winzig, wenn es allein ist, aber es ist ungeheuer, wenn du weißt, dass Millionen und Abermillionen dasselbe wie du erleiden müssen. Begreife, dass du nicht allein bist, dass du viel kleiner, aber auch viel größer bist, als du ahnst.«

Sara dachte mit gespannten Zügen über jedes Wort nach.

Dann sagte sie leise: »Heute Nacht habe ich im Traum um Hilfe gerufen, aber niemand wollte mich hören. Du aber hast mich gehört, nicht wahr?«

Dann verfinsterte sich wieder ihr Gesicht. Denn oben auf der Treppe waren die Schwiegereltern erschienen. In ihrer Mitte stand Martin.

Sie hatten wahrscheinlich schon längst den Lärm gehört, aber nicht gewagt herunterzukommen. Jetzt, da es ruhiger wurde, wollten sie doch sehen, was vorgefallen war.

Die Schwieger hatte zuerst Heinrich erblickt.

Mit einem Aufschrei stürzte sie auf ihn zu. Erst als sie ihn wieder losließ, merkte sie, wie verschieden er von dem Bild war, das in ihrer Fantasie gelebt hatte. Er war ein unscheinbarer, bescheidener Mensch, kein Richter und Rächer. Sie wusste, sie besaß keine Macht über ihn, der lächelnd und ein wenig verlegen vor seinen alten Eltern stand. Sie waren ihm fremd. Aber sein Kind war ihm noch fremder.

Dort stand sein Sohn. Dieses fremde, zarte Wesen, das er noch nie sprechen gehört hatte.

Sara lief hin zu dem Kind: »Komm, Martin«, rief sie laut. »Dein Vater ist hier. Komm.«

Das Kind blickte nicht nach ihm. Er war ja nur ein fremder Mann. Draußen aber lag Mattheus, sein Freund, furchtbar entstellt, umgeben von den stillen, trauernden Bauern. Zu ihm wollte Martin hinlaufen, ihn sehen, hören, was mit ihm geschehen war.

Sara hielt ihn fest. Ihre Hände verdeckten schnell seine Augen: »Du sollst nicht hinschauen«, flüsterte sie. »Du sollst nichts wissen.«

Heinrich aber löste ihre Hände von seinem Gesicht. Er nahm das Kind in seine Arme und flüsterte: »Verhülle nicht seine Augen. Er soll sehen. Er soll wissen.«

Milton Keynes UK
Ingram Content Group UK Ltd.
UKHW022318170124
436226UK00005BA/205